NAISSANCES

NAISSANCES

RÉCITS

sous la direction d'Isabelle Lortholary

Postface de René Frydman

L'Iconoclaste

TEXTE INTÉGRAL

ISBN 978-2-7578-0357-8
(ISBN 2-913366-10-4, 1re publication)

© L'Iconoclaste, Paris, 2005

Marie Darrieussecq

Est née au Pays basque en 1969. Elle est la mère d'un fils de quatre ans et d'une fille de dix-huit mois. Ancienne élève de l'École normale supérieure, elle a publié, entre autres, *Truismes* (POL, 1996), *Naissance des fantômes* (POL, 1998), *Le Mal de mer* (POL, 1999), *Le Bébé* (POL, 2002), et *Le Pays* (POL, 2005).

Encore là

Lorsque j'ai accouché, on m'a endormie. Je savais depuis quelques jours déjà qu'il faudrait faire une césarienne : le bébé était en travers. Pas en siège, mais littéralement en travers, couché de tout son long en travers de mon ventre, flanc le premier comme on dit tête la première.

«Ça ne passe pas», avait dit l'échographe. Comment faisait-on autrefois? J'ai lu quelque part qu'on pratiquait déjà des césariennes, sans anesthésie ni antibiotiques, et que la mère s'en sortait comme elle pouvait. On posait la question au père : «La mère ou l'enfant?» Y eut-il des hommes pour choisir l'enfant? A-t-on connaissance de tels cas? Sans doute. Et si la femme survivait, comment survivait le couple?

Une césarienne, d'accord, mais j'espérais au moins assister à l'*extraction*. Voir l'enfant au-dessus du rideau vert, le voir sortir gluant et braillant. Une fille, avait dit l'échographe. Je m'entraînais à dire «elle», je n'avais pas encore l'habitude. Après notre fils, nous étions contents, un garçon et une fille, «le choix du roi».

Mais il y a eu un petit problème, je n'ai pas bien saisi lequel, et il a fallu m'endormir, m'anesthésier entièrement. Je n'ai pas tout suivi parce que c'est allé très vite, et mon mari a été prié de quitter la salle. Un masque sur mon visage, quelque chose dans ma perfusion, et je n'étais plus là.

Suite à ce petit problème, le bébé, notre fille, était dans une couveuse; elle allait bien mais je ne pouvais pas encore la voir. La lumière clignotait, la salle de réveil était très blanche, je refermais les yeux, éblouie, dans ce sommeil harassant des anesthésies. Des rêves me harcelaient, plus vraisemblables que le réel. Je les quittais comme on s'endort, je les retrouvais comme un pays natal. Il faut plusieurs jours pour retrouver un sommeil normal, le sommeil qui repose, le sommeil où on oublie.

Le tissu vert, le rideau qu'ils mettent devant les yeux des parturientes, ça doit être pour ne pas qu'elles tournent pas de l'œil : se voir le ventre ouvert avec une créature qu'on leur sort de là… Mieux vaut masquer la béance, transformer l'*extraction* en théâtre de marionnettes, mains gantées soulevant le bébé… On ne dit pas *accouchement* quand il y a césarienne. On n'*accouche* que par *voie basse*.

Je ne sais pas pourquoi, c'est seulement en cas d'anesthésie générale que le père est prié de sortir. Quitte à voir sa femme le ventre ouvert, sans doute est-il plus facile de la voir consciente qu'inconsciente, un bout de viande. Enfin je ne sais pas. Est-il plus facile de voir quelqu'un d'autre le ventre ouvert, ou soi-même? Je n'ai aucune réponse à ces questions. Mais ce qui m'a manqué, je crois, c'est le cri du bébé : que ça ne m'appartienne pas, ce moment-là, que les toubibs et les infirmières recueillent, eux, ce cri dont ils n'avaient que faire. Quelle tête faisait-elle? A-t-elle crié tout de suite? À mon réveil, je n'ai pas pu demander, je n'ai pas osé. À qui m'adresser? Avec tous les bébés qu'ils voient, ils avaient déjà dû l'oublier, ce premier moment, ce moment inestimable, la première seconde de ma fille hors de moi, sa première seconde de *vie*, comme on dit.

13

Pour mon premier accouchement, j'avais senti mon fils descendre, poussé par les contractions. Je bénéficiais d'une péridurale dosable à volonté. Je décidais, ma petite pompe à la main, du degré de douleur que je voulais bien supporter pour sentir mon fils venir à nous. Est-ce que ça m'a manqué aussi de ne pas emmener ma fille au bout de moi, par les *voies naturelles*?

Mais ce n'est pas du tout de ça dont je voulais parler. Je voulais parler de mon régime. Mon mari me dit toujours : tu pars dans une direction, puis une autre, on a parfois du mal à te suivre. Il me dit : si on t'ouvrait le crâne on verrait que les boyaux de ta tête sont en forme d'escalier, et pas des escaliers tout droits, non, des escaliers en colimaçon.

Je voulais parler de mon régime.

Je n'avais pas tellement grossi, douze kilos en tout sur neuf mois. Il faut soustraire le poids de l'enfant, du placenta, du liquide amniotique, de l'utérus et des seins (qui gagnent naturellement en volume). Et soustraire aussi la masse sanguine qui augmente, tout ce sang qu'on perd les jours qui suivent l'accouchement (ça s'appelle les lochies, on prononce *loki*, on a aussi des lochies en cas de césarienne). Bref, si l'on sous-trayait tout ça, il ne me restait plus, à moi, que trois ou quatre kilos. Je sais que ce n'est pas grand-chose. Le médecin me l'a bien dit, celui qui m'a expliqué tout ça. J'étais plutôt chanceuse par rapport à d'autres femmes. Mais je me suis mis en tête de maigrir tout de suite. Je ne supportais pas ces kilos, l'allure que ça me faisait, les joues, les hanches.

À ce moment-là bien sûr, ma fille était de retour à la maison et il fallait la nourrir la nuit. Elle était sortie de sa couveuse et moi de ma salle de réveil. Je n'ai jamais retrouvé mon sommeil naturel. Je gardais l'impression d'être encore sous l'effet de l'anesthésie, comme si les résidus des produits ne voulaient pas s'évacuer. Ça arrive, paraît-il. Je m'endormais comme une masse, ça durait peut-être une demi-heure, le blanc total; et puis les rêves revenaient, les rêves anesthésiques. Je rêvais que ma fille criait, je me levais, je la prenais dans son berceau. Mais mes bras se refermaient sur du vide. Je me réveillais d'horreur. Ou alors, ma fille criait pour de vrai, je me levais, je marchais courbée sur la douleur de la cicatrice; je manquais m'évanouir quand il fallait la hisser hors du lit, et puis je me rendormais d'un coup en l'allaitant. Une fois, on a roulé toutes les deux au pied du lit et ses cris ont fini par me réveiller.

J'avais toujours peur de l'étouffer en m'endormant sur elle. Dans la journée aussi. Mon mari rentrait le matin de son travail, il s'en occupait une heure ou deux, mais pendant ces deux heures, où j'aurais dû pourtant me reposer, je ne parvenais pas à fermer l'œil. Mon mari travaille la nuit. Il pose des rails pour l'Eurostar. On habitait Calais, à l'époque où ma fille est née. Il fallait aussi emmener mon fils à l'école, mon mari l'habillait, lui donnait ses céréales, ils s'en allaient tous les deux. Je me rendormais. Le lit de ma fille était vide. Mon ventre était intact, indemne, comme si rien ne s'était passé. Je me réveillais, et je ne savais plus de quel côté du monde j'étais. Nuit, jour, veille, sommeil. Je ne me rappelais plus si j'avais allaité en rêve, ou en vrai. Ma fille s'en souvenait pour moi. Et la cicatrice attestait qu'elle était sortie de moi, qu'elle était bien sortie par là, qu'elle n'était plus du tout dans mon ventre. Je regardais ma cicatrice, et j'essayais de me persuader que mon ventre était vide.

Parce que c'était mon ventre, surtout, qui m'embêtait. Je veux parler du bourrelet, là où avait été ma fille. Je me disais que si je ne reprenais pas le sport tout de suite, cette graisse allait s'installer. Or faire du sport sur une césarienne, le chirurgien me l'avait dit, est absolument contre-indiqué. Il faut attendre au moins trois mois, une cicatrisation profonde.

C'est une couture impressionnante, à la Frankenstein. Mon mari ne voulait pas regarder. Ce qu'on voit, ce ne sont pas des fils, mais des agrafes, plantées au ras du pubis ; un sourire métallique entre les dents duquel la chair se boursoufle, très rouge. On coupe, il paraît, quatre épaisseurs de *tissus*, sans compter la poche des eaux. J'ai demandé au chirurgien lors de ma visite de contrôle. Je ne comprenais pas comment de simples agrafes pouvaient retenir une coupure aussi profonde. Le chirurgien m'a expliqué que les agrafes sont très rapides à poser, ce qui raccourcit la durée de l'anesthésie, «et ça, m'a-t-il dit, c'est toujours souhaitable». Mais sous le derme, il y a des fils très solides. On recoud l'utérus, le péritoine, et les abdominaux (c'est très épais, les abdominaux). Évidemment on ne recoud pas la poche des eaux, puisqu'elle est évacuée avec le bébé. Le péritoine, c'est ce que les charcutiers appellent la crépinette, je crois, c'est ce tablier qui recouvre les organes du ventre. Tout ça est donc bien recousu, sur quatre plans superposés.

Mais je ne voulais pas parler de ça, au début. Je voulais parler de ces quelques kilos en trop. Lors de la visite de contrôle j'avais rendez-vous avec la diététicienne, mais elle était absente, exceptionnellement. Je maudissais mon manque de chance, mais j'ai croisé une sage-femme; une femme formidable. Elle a été frappée par mon allure de petite vieille et m'a dit de me tenir droite. Il n'y avait aucune raison, m'expliqua-t-elle, pour marcher ainsi pliée. «Mais la douleur», lui ai-je dit. «Relevez-vous», m'ordonna-t-elle, et elle me montra comment prendre une longue, très longue respiration... comment faire descendre l'air dans mes poumons... et ce faisant, très lentement, me déplier, me redresser au-dessus de ma cicatrice.

Ça ne faisait pas mal. Ça faisait même moins mal de me tenir droite dans l'axe de ma colonne vertébrale que d'essayer de me fermer sur la couture et les agrafes.

La sage-femme marcha quelques minutes avec moi, en me tenant la main. Le couloir vert de la maternité devenait presque accueillant.

Pendant que j'étais à cette visite à l'hôpital, mon mari avait veillé pour donner un biberon à la petite. Sinon, il dort le jour évidemment. Il pose des rails pour l'Eurostar, je crois que je l'ai déjà dit. Mais la petite n'avait rien bu, c'était le sein qu'elle voulait. Mon mari était anxieux, furieux et fatigué. Je me suis penchée pour la prendre, et ma cicatrice m'a fait mal de nouveau, et je ne suis plus parvenue, ensuite, à me déplier.

Mais je m'égare encore. Je voulais parler de mon régime. Il paraît qu'allaiter fait maigrir. Il paraît que le nourrisson pompe sur des réserves de graisse que, d'ordinaire, rien ne peut jamais atteindre. Le lait des premiers jours, surtout, le fameux *colostrum*, jaune vif, c'est quasiment du beurre. Très, très gras. Pourtant, quand je me pesais, rien ne bougeait. L'aiguille ne descendait pas. Et mon jean-test ne passait toujours pas mes hanches. J'ai décidé de surveiller mon alimentation. De *faire attention*, comme on dit. Et ça a marché tout de suite, j'ai commencé à maigrir, deux kilos dès la première semaine.

Mon mari était de plus en plus anxieux, pas pour la petite, qui poussait bien, ni pour mon fils, qui allait bien aussi, mais pour les rails dans le Tunnel. Le contrat qui pesait sur lui, c'était de changer un à un les rails usés de l'Eurostar. Le créneau horaire était très court, de minuit à 5 heures du matin, avant que la circulation ne reprenne. Le départ du premier train, son départ à l'heure, et la sécurité des passagers, dépendent entièrement du travail de mon mari : il faut que les rails soient jointifs à nouveau, que tout soit parfaitement reboulonné ou je ne sais quoi, enfin je n'y connais rien. Le temps passait, un mois, deux mois, et mon mari se rendait compte qu'il ne tiendrait jamais le planning, qu'il faudrait encore des semaines et des semaines pour changer tous les rails selon cette méthode. Cinquante kilomètres de rails. Il aurait fallu fermer le tunnel une bonne fois pour toutes, travailler vingt-quatre heures sur vingt-quatre, mais ça, ce n'était pas possible, on n'interrompt pas la circulation des trains comme ça.

Lui aussi devenait insomniaque. J'avais l'impression de ne jamais voir le jour. Il pleut beaucoup à Calais, je ne savais pas. Quand mon mari m'a dit, « on s'installe à Calais», je me suis dit pourquoi pas, Calais ou ailleurs, et puis il y a la mer, on aura un jardin. La mer est belle, mais grise, et je suis trop fatiguée pour y aller, avec la petite et la poussette et le froid qu'il fait ici l'hiver. Et le jardin, parlons-en du jardin, tout ce qu'on voit du jardin, c'est trente secondes au pas de course quand on entre ou sort de la maison, sous l'averse.

Mais je gardais le moral parce que le régime marchait vraiment bien. Je voulais parler de ça, voilà. Je m'y retrouve. La deuxième semaine, j'avais encore perdu deux kilos, et au bout d'un mois ça faisait sept kilos. J'étais très contente. Je rentrais dans mon jean. J'étais même plus mince qu'avant. La petite, elle, pesait six kilos, je la soulevais dans mes bras et je me disais : j'ai perdu plus que ce poids-là. Tout ce lait qui passait de mon corps à son corps, qui la faisait grandir et grossir, ça me semblait irréel, impossible. Je la mettais au sein, ses lèvres s'activaient et nous nous endormions, et au réveil elle était toujours là, vivante. Je buvais beaucoup d'eau, j'avais supprimé le pain, les féculents, et tout ce qui est gras. Je mangeais des légumes verts et des yaourts pour le calcium, et des pommes pour les vitamines. Ça marchait très bien. Il suffit de vouloir.

Je n'avais pas faim. Je dormais, je me réveillais, je faisais à manger pour mon fils et mon mari, j'allaitais ma fille, je la changeais, je m'allongeais. La tête me tournait un peu. J'essayais de soutenir mon mari, aussi. Lui n'avait pas du tout le moral. En plus du retard des travaux, quelque chose d'horrible s'était passé. Un soir, après minuit, ils étaient dans le premier tiers du tunnel, peut-être quinze kilomètres après l'entrée ; et ils ont trouvé un ou plusieurs corps, c'était difficile à dire. Des émigrants avaient franchi les barrières pour essayer de sauter dans un train, et le train les avait entraînés et déchiquetés. De ce jour-là, ou plutôt de cette nuit-là, mon mari s'est réveillé de son court sommeil en criant. Ensuite, il ne parvenait plus à se rendormir. Il refusait de me raconter ses rêves. Déjà que nous ne dormions plus jamais ensemble ; et pour le reste, inutile d'en parler, je me demande encore comment ma fille est née.

Je rêvais que je mangeais. Je rêvais que la table était pleine de rôtis, de lard, de cakes, de riz au lait ; de viande rouge surtout, qui me dégoûtait, et pourtant je m'empiffrais, et je me réveillais avec une sensation d'éclatement dans l'estomac. Il me fallait toute la journée pour retrouver l'envie de porter à ma bouche quelques haricots verts – si on peut appeler journée cette série de tétées, de changes et de sommeils interrompus.

À la visite de contrôle suivante, ma fille pesait sept kilos, un beau bébé pour ses trois mois. À trois mois, j'aurais pu reprendre le sport, la cicatrice de la césarienne était douloureuse mais refermée, elle ne suintait plus. Mais je me sentais fatiguée. De toute façon, je maigrissais, c'était tout ce qui comptait. La pédiatre m'a trouvé le *teint brouillé*, je vous demande un peu, elle était pédiatre, pas médecin pour adultes. Moi, je pesais quarante-quatre kilos. Je n'avais jamais pesé moins de cinquante kilos, à part dans mon enfance bien sûr. Je me trouvais jolie, mais mon mari ne me regardait plus. Je ne lui en veux pas, la vie n'était pas facile.

L'argent, pour le coup, ne manquait pas, un ingénieur qui travaille la nuit gagne bien sa vie, alors sur les conseils de ma mère, j'ai pris une baby-sitter pour s'occuper de mon fils. «De profil, on ne te voit plus», m'avait dit ma mère. «Si tu continues à ce rythme, il ne va plus rien rester de toi». Elle était venue pour le week-end, et elle n'avait fait que cuisiner, des flans, des poires au caramel, du pain d'épice. J'ai attendu fébrilement le dimanche soir, qu'elle s'en aille. Mais la baby-sitter était une bonne idée. C'était elle désormais qui allait chercher mon fils à l'école et qui lui donnait son bain et son dîner, elle partait à 20 heures après l'avoir mis en pyjama et il ne me restait plus qu'à le coucher. Mon fils s'est beaucoup attaché à elle, très vite.

Le premier projet de tunnel sous la Manche date de 1876. J'ai lu ça sur Internet quand nous nous sommes installés à Calais. Les travaux avaient même commencé : 2 000 mètres côté anglais, 1 800 mètres côté français. Et un siècle plus tard, en 1975, un deuxième projet : 300 mètres côté français, 400 côté anglais. Et puis les fonds ont manqué de nouveau, ou la volonté politique, ou je ne sais quoi.

Je me demande si ces galeries sont encore visibles, ou si elles ont été envahies par la mer. J'imagine les vagues ronfler sous la falaise, pleines de plancton, de poulpes, d'anémones et de méduses.

Mais je n'avais pas la force d'aller voir. Quand la baby-sitter arrivait je me recouchais tout de suite. Je fermais les yeux et je voyais des poulpes et des méduses, du plancton fluorescent et de grandes algues blanches. Je me demandais ce qu'on avait fait de la terre extraite des galeries; et de cette énorme masse de craie sortie du Tunnel – trois tunnels en fait, un aller, un retour, et un tunnel technique. Cinquante kilomètres de tunnels sous la Manche : où étaient les talus, qu'avait-on fait de toute cette terre? Je sentais le poids de la mer sur ma poitrine. J'ouvrais les yeux, et il faisait nuit, ou très sombre, la pluie cognait aux fenêtres et j'entendais la baby-sitter bercer ma fille en chantonnant.

On s'est mis à avoir des problèmes de téléphone. Les quelques copines qui me restaient, malgré tous nos déménagements, mes quelques copines fidèles qui m'appelaient encore de temps en temps, je les ai perdues à cause de ce stupide problème de téléphone. Je disais «allô? allô?» et on me répondait «allô? allô?», la ligne ne passait plus. Mon mari n'avait pas le temps de régler cette histoire, il me disait «débrouille-toi», il me croisait en coup de vent, on ne se voyait plus.

Je n'avais plus de lait. J'essayais le biberon, mais ma fille se cabrait, hurlait, ne voulait même pas me regarder. Dès que je l'approchais, tout de suite elle éclatait en cris. La baby-sitter s'y prenait mieux que moi. Les bébés, le lait, tout ça, c'est psychologique. Je regardais mon fils qui regardait les dessins animés, je regardais ma fille prendre son biberon dans les bras de la baby-sitter, et je me sentais légère, d'une légèreté bizarre, mes pieds ne pesaient pas sur le plancher. Je regardais mes enfants, ma fille surtout, neuve et jolie, je la regardais et je me demandais d'où elle venait. Tombée du ciel dans les bras de la baby-sitter. Deux petites mains, deux petits pieds, deux yeux, une bouche, tout ce qu'il fallait, mais surgie, apparue dans la maison de Calais avec son corps séparé de moi, avec son existence à elle. Il me semblait que si je prenais le chemin de la mer, si j'enfilais un imperméable et m'en allais vers la mer et prenais le tunnel pour l'Angleterre, mon fils, ma fille, la baby-sitter et mon mari disparaîtraient avec autant de facilité que la buée qu'on essuie sur une vitre.

Je flottais dans mes vêtements. La maison était trop grande, mon fils aussi, impossible de le prendre dans mes bras, et ma fille devenait trop lourde. La faim est comme un long couloir, facile à suivre, avec une lumière au bout, un halo, dans lequel on se sentira bien. La baby-sitter me raccompagnait jusqu'à mon lit et j'entendais les dessins animés, les lasers intergalactiques, les cris des chauves-souris géantes, les sons d'une autre planète. Quand je me relevais, pour voir ce qui se passait, j'appelais mon fils, je le nommais ; mais il ne tournait plus la tête vers moi.

Il y avait un chat. Je ne me souvenais pas que nous avions un chat. Le chat me frôlait, rôdait autour de moi, miaulait, et puis disparaissait. Il réapparaissait au bout de mon lit, et je me disais : il a faim. Je voulais me lever pour le nourrir, mais l'idée s'envolait aussi vite qu'elle était venue, jusqu'au prochain petit tour du chat.

Mon mari me dit toujours : tu bavardes sans cesse, tu pars dans une direction puis une autre, on a du mal à te suivre. Quand je me levais, quand mes pieds touchaient le sol, je sentais mes os qui se replaçaient à la verticale, qui se réarticulaient, mes hanches sur mes fémurs, ma colonne vertébrale au-dessus de mon coccyx, ma cage thoracique qui s'ouvrait et se fermait, mes clavicules et mes mâchoires, mon crâne, enfin, posé là-dessus. Je ne me pesais plus. La maison tournait autour de moi. «Il faudrait faire les vitres», me disais-je, et puis ça me sortait de la tête. Et puis ça revenait, un peu plus tard dans la journée : tout ce calcaire, ces traces, accumulées par la pluie sur les vitres. Je laissais un mot à la baby-sitter, et je me recouchais.

Ma mère m'appelait encore de temps en temps. «Tu es là?», me disait-elle. Et puis il m'a semblé que ça n'arrêtait plus de sonner, qu'elle était toujours suspendue au bout du fil à me poser des questions. Mais on n'entendait rien, dans ce téléphone. Mon mari avait voulu faire des économies et nous avait changé d'opérateur ou je ne sais quoi, et ces nouvelles lignes sont toutes brouillées.

La petite, le bébé, me regardait avec des yeux vides. Elle fixait un point derrière moi. Quand je me retournais, je voyais les arbres secoués par la pluie, qui s'agitaient à la fenêtre comme de grandes mains. Et ma fille les suivait des yeux.

Il faudrait nettoyer ces vitres, me disais-je. Mais il semblait que la baby-sitter ne trouvait plus mes mots ou ne les lisait plus, ceux que je laissais sur la table.

Parfois mon fils entrait dans ma chambre et m'appelait : «Maman? Maman?» Je m'agitais sous les draps et je répondais, «oui, je suis là», distinctement. Mais il continuait : «Maman? Maman?» Je l'entendais, mais il me semblait le voir s'amenuiser au fond de la pièce, reculer à toute allure, repousser les murs, les fenêtres, la maison, et se perdre comme au fond d'un labyrinthe.

Les arbres se penchaient aux vitres, leurs silhouettes nues lançaient vers moi des bras maigres et leurs mains se tendaient, à me toucher. Et les vitres devenaient à la fois poreuses et opaques, blanches comme de la craie, je les traversais vers les arbres, vers le jardin trempé de pluie qui m'absorbait comme une éponge.

«Madame?», m'appelait à son tour la baby-sitter. Elle soulevait les draps. Je disais : «Oui, oui!» Des formes dans la chambre se déplaçaient, s'agitaient. Mais personne ne m'entendait. Je parlais, pourtant.

J'étais là.

Je continuais à parler.

Hélèna Villovitch

Est née à Bourges en 1963. Elle est la mère d'un garçon de quatorze ans. Elle a publié *Je pense à toi tous les jours* (Éditions de l'Olivier, 1998), *Pat, Dave & moi* (Éditions de l'Olivier, 2000), *Petites Soupes froides* (Éditions de l'Olivier, 2003), *Dans la vraie vie* (Éditions de l'Olivier, 2005), *Le Bonheur par le shopping* (Maren Sell, 2005).

Mon Lapin

J'ai tout oublié. Échographie; perte des eaux; dilatation du col; monitoring; péridurale; poussez, Madame; ouverture à cinq centimètres, dix centimètres, quinze centimètres (de diamètre ou de circonférence?); pinces; forceps; épisiotomie; l'enfant souffre, il faut aller plus vite; Madame, je vous ai dit de pousser; vous entendez, Madame? Poussez!

Non, de tout ça, je ne me souviens pas. Je suis nulle en histoires d'accouchement. Tous les termes techniques et les dialogues de circonstance, je ne les connais que grâce à des téléfilms idiots.

J'ai tout oublié, mais je suis à peu près sûre de ne pas avoir prononcé de parole historique du genre «c'est pas possible, mon Dieu, c'est pas possible». Je n'ai certainement pas gémi «je n'ai jamais autant souffert de ma vie.» Je ne crois pas avoir crié «arrêtez tout, je ne veux pas de bébé». Je serais très étonnée si un témoin me racontait aujourd'hui que j'ai hurlé pendant des heures. Me connaissant, j'imagine que j'ai plutôt plaisanté avec les infirmières et essayé de me faire bien voir par la sage-femme.

Ce dont je me souviens parfaitement, c'est du petit animal que l'on m'a mis sous les yeux. J'avais entendu des femmes parler de crevettes et de grenouilles. Moi, j'ai accouché d'un lapin. Un beau lapin avec les yeux complètement fermés, bien dodu et d'une jolie couleur violette. C'est cette couleur, justement, qui n'a pas plu au médecin. Juste après me l'avoir montré, il m'a retiré mon lapin.

On s'est bien occupé de moi. On a nettoyé et réparé la partie inférieure de mon corps avec laquelle je n'avais plus de relation personnelle depuis quelque temps et on m'a fait rouler jusqu'à une chambre très chouette où l'on m'a fait glisser sur un lit. Puis, on m'a laissée toute seule. D'un côté, j'étais plutôt contente d'être tranquille. Dans les téléfilms, les mamans ont toujours une ou deux voisines de lit pour bavarder. Moi, ça m'arrangeait de me reposer un peu dans une chambre individuelle avant de commencer à écouter (à défaut d'être capable d'en raconter) des histoires d'accouchement. Mais je me suis mise à réfléchir à tout ça et à comprendre qu'il y avait quelque chose qui clochait. Dans les téléfilms, les mamans ont leurs bébés avec elles. Oh! Mon bébé! Regarde comme il est beau et comme il ressemble à…, etc. J'ai appuyé sur un bouton, une infirmière est venue et je lui ai dit que j'aimerais voir mon lapin. Elle m'a répondu qu'elle allait revenir.

Après une éternité, elle me l'a rapporté. Il avait changé de couleur mais, même vert clair, il me plaisait toujours autant. L'infirmière a posé mon lapin sur mon ventre. Enfin, la réalité commençait à ressembler aux clichés. Moi, pas du tout gênée, je lui ai offert un de mes jolis seins remplis, je l'espérais, de liquide nutritif à destination des lapereaux nouveau-nés. Mais l'animal n'avait pas l'air d'avoir faim. Il avait juste envie de dormir, ce que je comprenais très bien, après toutes ces heures, au moins vingt-quatre, passées à s'extirper de mon corps qui ne voulait pas le laisser s'en aller. D'ailleurs, j'étais moi-même un peu crevée.

Le docteur est entré dans la chambre et a dit Madame. En vieille habituée des séries télé, j'ai compris tout de suite que nous allions jouer une scène importante. Un docteur qui commence une phrase par Madame et qui marque une pause un peu trop longue avant de poursuivre, c'est toujours une mauvaise nouvelle. Ça n'a pas loupé. Madame, a dit le docteur, l'accouchement a duré trop longtemps. C'est en partie pour cela que votre bébé est fatigué et pas de la bonne couleur, mais il y a aussi autre chose. Votre bébé a sans doute été mis en contact avec le germe de la méningite. Comme nous avons eu deux cas d'infection cette semaine, nous préférons être très prudents. Nous avons effectué des prélèvements sanguins que nous avons envoyés au laboratoire, mais sans attendre les résultats, nous allons commencer à le traiter à raison de trois injections d'antibiotique par jour.

Bon, le docteur n'a sans doute pas parlé exactement comme ça. Il a sans doute été plus précis. Il a dû utiliser des termes techniques mieux adaptés. Après la publication de ce texte, on ne me proposera certainement pas de devenir dialoguiste pour la série *Urgences* et je n'en serai pas vexée. À ce moment-là, l'essentiel était dans le message du docteur et non dans le choix des mots. Il y avait un problème. Mon lapin ne se portait pas bien. On allait essayer de le soigner. Ce que j'ai répondu au docteur n'a aucune importance. Ma peur était informulable. Elle ressemblait à quelque chose de blanc et de froid avec beaucoup de voyelles et aucune consonne. À un très grand silence, aussi. Informulable, je vous dis. J'ai dû les laisser me reprendre mon lapin.

Un peu plus tard, j'ai réussi à faire fonctionner mes jambes jusqu'à la salle des bébés. Il y avait un peu de tout. Crevettes, chatons, souriceaux, crapauds. Si les batraciens semblaient majoritaires, c'est sans doute à cause de la position dans laquelle on les installait à l'époque, en 1991. On était alors persuadé que le plus sûr moyen de diminuer la fréquence du syndrome de la mort subite du nouveau-né était de coucher les bébés sur le ventre ; une conséquence de cette précaution était que leurs jambes se repliaient naturellement sur les côtés, vous faisant monter à la bouche des envies de cuisses de grenouilles. Mais si j'ai bien compris, les pédiatres préconisent aujourd'hui de coucher les bébés sur le dos.

Quant à mon lapin, ils l'avaient mis dans un aquarium, à côté de deux autres copains qu'on chauffait un peu plus que les autres parce qu'ils étaient plus fragiles. Mon lapin avait l'air beaucoup mieux. Il était devenu rose clair, ce qui m'a fait très plaisir. Mais remarquez bien que je l'aurais aimé de toute façon, même s'il était devenu bleu à pois jaunes. Jaune, un de ses copains l'était, mais il ne fallait pas s'inquiéter pour lui, il souffrait seulement d'une petite hépatite. Le second copain était très sympa et rigolo. Il s'appelait Charlie et c'était un bébé trisomique.

Ça commençait à aller beaucoup mieux et les visites ont commencé, ainsi que les questions de la famille et des amis. Est-ce que c'était grave cette histoire de méningite? Est-ce que c'était de la faute de l'hôpital? Est-ce que ça ne viendrait pas d'instruments mal nettoyés? Avais-je remarqué si la table de travail était propre quand je m'y étais installée pour accoucher? Allais-je porter plainte? Le traitement antibiotique allait-il durer longtemps? L'enfant garderait-il des séquelles de la maladie? Aurait-il plus tard une intelligence normale? Pourrait-il marcher? Parler? Apprendre à lire? Pouvait-on avoir des certitudes? Ne devrais-je pas consulter un spécialiste réputé?

Comment m'étais-je débrouillée pour avoir une chambre individuelle?

Je ne savais répondre à aucune de ces questions, sauf à la dernière. Je n'avais rien fait de spécial pour qu'on m'attribue cette chambre, voilà. Je m'y sentais chez moi, et laissais le plus souvent la porte entrouverte, de manière à renseigner les visiteurs égarés dans les couloirs. Je n'avais pas le temps de lier connaissance avec d'autres mamans ni d'échanger des histoires d'accouchement, car elles ne faisaient que passer un jour ou deux, trois au maximum.

J'acceptais les événements dans l'ordre où ils arrivaient, un par un. Le lapin avait commencé à téter. Bien. Il était de plus en plus en forme. Très bien. Il avait fait caca. Formidable. Après dix jours à l'hôpital, le lapin et moi étions très bien habitués l'un à l'autre. Je m'occupais de lui pendant la journée et il passait la nuit dans la salle des bébés. Trois fois par jour, on lui injectait des antibiotiques. La puissance de ses cris éveillait en moi un sentiment mitigé de compassion et de fierté. Il était devenu le plus gros de tous les petits animaux de la pouponnière. Charlie se portait bien, lui aussi, sauf que sa maman avait décidé de l'abandonner. Elle ne voulait pas d'un bébé rigolo, elle voulait un bébé normal. Du coup, on ne savait pas trop ce qu'on allait faire de lui. Parfois, je me disais que je le prendrais bien en plus de mon lapin, mais les choses n'étaient pas aussi simples.

Le docteur était un peu embêté. Il n'avait rien contre moi. Il m'a assuré que ni lui ni le personnel de l'hôpital n'avaient à se plaindre et qu'au contraire, tous appréciaient beaucoup ma présence. Mais enfin, dix jours, c'était déjà beaucoup plus que le temps réglementaire. Il fallait que je libère la chambre. Le problème, c'est qu'il ne voulait pas me laisser emmener mon lapin.

J'étais entrée à l'hôpital par la grande porte. Même si les ambulanciers avaient refusé d'utiliser la sirène sous prétexte que la route était parfaitement dégagée et que je n'avais pas encore commencé à accoucher, j'avais jugé mon arrivée plutôt triomphale. Ma sortie, en revanche, a été lamentable. Il n'y avait aucune raison de fêter ça. Je partais à pied, les bras chargés de hochets, de tapis d'éveil et de pyjamas Snoopy, mais en laissant derrière moi mon lapin, qui devait poursuivre son traitement encore quinze jours.

Ceci est une histoire vraie dans laquelle d'autres personnages jouent un rôle. Par exemple, Laurent, le papa. Il se trouve que lors de la naissance du lapin, Laurent et moi ne sommes pas en très bons termes. Mais, s'il n'est pas question que nous vivions ensemble, ça ne l'empêche pas de venir tous les jours à l'hôpital, de changer des couches et de murmurer à l'oreille du lapin des paroles d'encouragement. Le lapin a aussi une grand-mère qui possède le talent de résoudre les problèmes compliqués. Plus tard, on l'appellera Dadou et ce sera le lapin, doyen des petits-enfants à venir, qui aura inauguré ce surnom affectueux. Pour le moment, c'est Colette.

Bon, reprenons l'histoire où nous l'avions laissée. Le lapin et sa mère sont tous deux en bonne santé, mais séparés par environ trois cents mètres de rues et de pâtés de maison. La mère peut appeler le service de néonatologie à toute heure du jour et de la nuit. Elle passe ses journées à effectuer des allers-retours de chez elle à l'hôpital. Quant à ses nuits, elle ferait bien de les utiliser à reprendre des forces, mais voilà.

Voilà. La nuit, la mère du lapin est allongée dans le noir, les yeux fermés. Elle détend au maximum ses bras et ses jambes, elle respire le plus régulièrement possible, elle imite du mieux qu'elle le peut l'état de sommeil d'une femme qui a bien gagné le droit de se reposer. Mais elle ne dort pas. Elle découvre avec stupéfaction ce qu'est l'insomnie.

Bien sûr, elle en avait entendu parler. Il lui était même arrivé de peiner à s'endormir, ou de se réveiller, comme ça, sans cause, au milieu de la nuit. Certains matins, elle attendait dans un demi-sommeil que son réveil se décide à sonner. Mais ça, ce n'était rien. L'insomnie, la vraie, elle était incapable de l'imaginer avant de l'expérimenter elle-même. La mère du lapin se souvient de Denise, sa mère à elle. Denise affirmait souvent au petit déjeuner n'avoir pas fermé l'œil de la nuit. Denise est morte avant d'avoir connu le lapin, et n'a jamais manqué à sa fille autant qu'en ce moment.

Elle comprend enfin, la fille de Denise, pourquoi sa mère n'éteignait pas sa lampe de chevet, ces nuits de 1980 où, âgée de seize ans, elle rentrait à 4 heures du matin de l'Heure bleue, du Saint-Médard ou du Hifi-Club, ivre morte, zigzaguant sur sa Mobylette et manquant de passer par-dessus le guidon lorsqu'elle s'arrêtait aux feux rouges. Lorsqu'elle s'arrêtait.

Oh non! s'écrie la mère du lapin. Car tout à coup, elle entrevoit la somme de toutes les nuits qu'elle va elle-même passer à s'inquiéter pour son fils. Elle commence par répertorier toutes les maladies normalement bénignes, mais susceptibles de s'aggraver en fin de week-end, lorsque les médecins sont injoignables et les urgences de l'hôpital saturées. Tous les accidents domestiques, aussi. Chute de table à langer. Jouet non homologué sectionnant trois doigts de la petite main droite. Fer à repasser oublié sur la moquette. Fenêtre grande ouverte sur le vide, un tabouret posé devant. Liquide à déboucher les chiottes conservé dans une bouteille de limonade. Robinet de gaz qui fuit. Mains collées contre la porte du four chauffée à blanc. Carrelage dur et froid attirant comme un aimant la partie la plus fragile du crâne des bébés, celle, nommée fontanelle, qui n'est définitivement soudée qu'après quelques années de vie, pour les bébés qui ont la chance de survivre à tous les autres risques. Chien féroce surgissant dans l'arrière-cour. Camionnette de livraison déboîtant brusquement et fauchant la poussette jusque sur le trottoir. Voleuses et violeurs d'enfants. Mauvais traitements par de pervers éducateurs. Coupable négligence de baby-sitter ivre.

Bouffées délirantes et folie meurtrière inexplicable chez un ami de longue date s'étant spontanément proposé de garder le bébé.

Oh non ! s'écrie encore la mère du lapin. Car si elle a déjà passé quelques nuits à visualiser chacune des manières dont la fragile créature qu'elle vient d'enfanter est susceptible de rencontrer la mort, elle comprend que ce n'est pas encore fini. Que ce ne sera jamais fini.

En supposant que le lapin sorte indemne de ce champ de mines que constitue la petite enfance, même en rêvant qu'il atteigne et dépasse l'âge de quatre ans, puis celui de huit, douze, quatorze ans (la mère du lapin renonce à compter toutes les rues, les avenues et les boulevards peuplés de chauffards dépressifs que l'enfant, puis le préadolescent, aura à traverser, son cartable de douze kilos sur le dos), la vie ne devient-elle pas plus dangereuse chaque jour ? N'est-ce pas lorsqu'on s'y attend le moins que l'accident survient ? La mort d'un enfant devenu adulte est-elle plus acceptable parce qu'il a eu le temps d'être heureux ? À cette dernière question, la réponse est non, non, non. Mille fois non.

Lorsqu'elle en aura assez d'imaginer ce qu'elle dira et fera lorsque son fils mourra, lorsqu'elle aura commandé des dizaines de cercueils virtuels de toutes les tailles, répondu à des milliers de lettres de condoléances, porté d'innombrables robes de deuil, tantôt noires et tantôt blanches, la mère du lapin ne dormira pas pour autant.

Un matin, après être passée à l'hôpital embrasser le lapin, elle entrera dans la librairie de l'avenue Félix-Faure et achètera *Sodome et Gomorrhe*. Elle saura bien qu'il ne s'agit pas du premier tome d'*À la recherche du temps perdu*, mais ce sera celui par lequel elle aura envie de commencer. Elle lira toute la nuit, et encore un peu le matin en buvant du thé. Elle en oubliera qu'elle est si fatiguée. Elle comprendra très vite qu'il lui faut tout lire de ce Marcel Proust qu'elle croyait réservé à des étudiants en lettres qui ne sont jamais invités à des fêtes et qui, par conséquent, n'ont rien de mieux à faire que se gargariser de phrases à n'en plus finir et d'expressions idiotes du genre «faire catleya», qu'ils se murmurent à eux-mêmes en observant leur visage disgracieux dans le miroir de la salle de bains. Elle achètera *Du côté de chez Swann* et reprendra tout

depuis le début. Le rythme des phrases l'aidera à supporter l'attente, les Verdurin la feront rire tout haut,
elle tombera amoureuse du jeune narrateur lorsqu'il
s'enivre dans le train qui le mène à Balbec. Les volu-
mes s'entasseront bientôt près de son lit. Lorsqu'elle
aura trop vite terminé *Le Temps retrouvé*, eh bien, elle
se mettra immédiatement à le relire.

Bientôt, le lapin de trois semaines rentrera à la
maison. Dans un moment, il parlera, il marchera et
les serveurs du restaurant chinois seront impression-
nés par son habileté à manger avec des baguettes. Il
s'appellera Georges.

Agnès Desarthe

Est née à Paris en 1966. Elle est la mère de deux enfants âgés de quinze et douze ans. Ancienne élève de l'École normale supérieure, elle est l'auteur de vingt-cinq livres pour enfants et adolescents. Elle a également publié *Un secret sans importance* (prix Inter 1996, Éditions de l'Olivier), *Cinq Photos de ma femme* (Éditions de l'Olivier, 1998), *Les Bonnes Intentions* (Éditions de l'Olivier, 2000), *Le Principe de Fredelle* (Éditions de l'Olivier, 2004) et *VW, Le Mélange des genres* avec Geneviève Brisac, (Éditions de l'Olivier, 2005).

Les mois, les heures
et les minutes

La dynastie des Forsythe

Les frères et les sœurs sont allongés sur le lit des
parents. C'est samedi soir, devant la télé en noir et
blanc. Sur l'écran, des dames en chignon bouffant
et robe à tournure prennent le thé, et se disent à
demain. Un chapeau haut-de-forme vole à travers la
pièce. Il est question d'un chien qui a mal à sa patte,
d'une réception cruciale à laquelle il sera malheureusement impossible d'assister. On ne comprend rien à
ce feuilleton, mais qu'est-ce que c'est beau. L'image
d'après, la chambre à coucher de l'héroïne est pleine
à craquer. Tout le monde s'affole. Oulala, qu'est-ce
qui se passe? Scène d'action? Mais non, la dame est
couchée sur son lit. Elle transpire beaucoup. «Des
serviettes propres!», crie quelqu'un. «Et de l'eau
bouillante!», ajoute un autre. Quelle drôle d'idée de

faire sa toilette en pleine nuit (toutes les lampes à gaz sont allumées). Le docteur arrive, courroucé, efficace. Il a déjà enlevé sa veste et retroussé ses manches de chemise. Sur le lit, la dame crie. Gros plan sur ses mains qui chiffonnent furieusement le drap.

« Qu'est-ce qu'elle a, la dame ? », demandent les frères et sœurs aux parents. « Elle est malade ? »

Les bonnes en tablier blanc se tordent les doigts. La musique enfle. C'est très angoissant. La dame sue à grosses gouttes, son beau chignon est tout défait, elle tourne la tête à droite, à gauche, elle hurle.

« Maman, qu'est-ce qu'elle a la dame ? Elle va mourir ? »

« Mais non, voyons, vous voyez bien, elle accouche ! »

Merde alors ! penses-tu, mais tu ne le dis pas. C'est malpoli. Et, de toute façon, tu ne peux pas parler. Tu as perdu ta voix. Silence total dans la chambre. Tu jettes un regard plein de haine aux frères et aux sœurs. Dire qu'ils ont fait subir cette torture à ta maman, les ordures !

Qu'est-ce qu'il est beau

Le temps passe. Tu deviens une grande fille. Tes seins poussent et tout et tout. Petit ami, smack. Allez, zou, avec la langue. Des mains à trente-deux doigts glissent partout sur ton corps, c'est marrant. Tu deviens une femme. Tu ne prononces jamais le mot, mais c'est un fait, c'est comme ça. Et un jour, l'homme arrive. Il est beau. Qu'est-ce qu'il est beau. Pendant toute ta vie, tu as habité avec tes parents, avec tes frères et sœurs, puis toute seule, avec une copine, ça n'a pas duré, et là, tu sens que tu es partie pour un grand tour. Tu vas habiter avec le monsieur. Maintenant, c'est vous la maison. Tu apprends à faire à manger. Tu découvres avec consternation que lorsqu'on ne passe ni l'aspirateur ni le chiffon, une pellicule de poussière se dépose sur les objets. Tu apprends à faire le ménage. Le garçon avec lequel tu vis est très coopératif. Il descend la poubelle et fait volontiers la vaisselle. Vous vous amusez beaucoup. Tu te demandes en fermant les yeux d'effroi si ton père et ta mère se sont, un jour, amusés comme ça. Vous faites du judo pour rire. Vous imitez les gens dans les restaurants. Vous chantez des chansons en charabia. Vous marchez toute la nuit dans la ville et, le jour, vous dormez. Un matin, tu te rends compte que ça fait un moment que tu n'as pas eu tes règles. Tu n'as pas compté, tu ne comptes jamais; la peau en haut de tes cuisses est bizarre, sur le ventre aussi, serrée, épaisse, on croirait qu'elle est sur le point de parler; ta peau veut te dire quelque chose. Le garçon ne sait rien, tu ne vois pas comment lui annoncer. Tu penses, voilà, c'est fini, à partir d'aujourd'hui on va devenir mes parents. Tu as mal au ventre. Tu avais prévu de t'amuser beaucoup plus longtemps.

Il est trop tard

Tu n'entrevois rien du plaisir, de la fierté, de l'exploit. Ton esprit est envahi par le doute. Tu as peur. Comme ont peur les enfants, sauf que cette fois, ce n'est pas toi l'enfant. Ce ne sera plus jamais toi, car tu t'apprêtes, cette nuit, à devenir mère.

Tu n'as rien compris. Tu as mal appris ta leçon et c'est trop tard maintenant. Tu vas faire n'importe quoi. Tu vas pisser et chier à contretemps, devant tout le monde. Tu vas faire ce qu'on t'a appris – il y a très longtemps – qu'il ne fallait pas faire : écarter les jambes et ne pas se cacher, dévoiler le milieu. Oh, l'indécence. L'indécence de ce qui va t'arriver. Mais il est trop tard; la tête appuie sur les os du bassin, appuie tant que tu as du mal à ne pas t'émerveiller d'une si précoce volition. Voilà que l'enfant veut sortir. Il veut sortir de toi; mais, bon sang, par où est-il entré? Quelle porte as-tu laissée ouverte, et pourquoi soudain ce sentiment d'inadvertance? Absence de lien, déficit corrélatif. On a fait l'amour. Ah oui. Ça me revient. Lui avec moi. Moi avec lui. C'est la bêtise qui monte en toi. Ce n'est que la première vague.

Reprends-toi. Cela n'a rien d'extraordinaire. Elles l'ont toutes fait avant toi, ta mère, tes tantes, les autres, les en corset, les médiévales, les préhistoriques. Pas un homme, non, aucun homme ne l'a fait, et cela te choque. Cette façon d'être séparée, de te trouver retranchée dans un camp, face à l'autre. Comment ferons-nous après, pour nous parler? Moi, je l'aurai fait et lui pas. L'inégalité, à jamais. Toi qui voulais tout partager. C'est du joli. Tu as raté, car tu ne peux plus reculer, il est trop tard.

Tu n'es pas drôle

Dans la voiture qui file, au cœur de la nuit – car, bien sûr, c'est la nuit – tu as l'impression que vous ne vous connaissez plus. Le type qui conduit, là, juste à côté, c'est qui? Il a l'air très maladroit. Il a l'air de quelqu'un dont tu ne serais jamais tombée amoureuse. Tu te trouvais bête il y a cinq minutes, mais là, c'est lui qui te paraît idiot. Il ne sait rien et ne saura rien, tandis que toi, une fois l'affaire dans le sac, ou plutôt hors du sac, tu sauras, tu seras une initiée. Lui, jamais. Il restera pour toujours un enfant. Les murs ne cessent de se dresser entre vous. Appelez-moi le responsable de l'urbanisation des couples, que je lui tranche la gorge. Avant vous ne faisiez qu'un. Maintenant c'est chacun dans son coin, lui dans celui des hommes, toi dans celui des femmes, lui dans celui des éternels enfants, toi dans celui de l'enfance révolue. Au matin, vous ne vous comprendrez plus; Vous entamerez votre lente, mais si sûre, descente vers la séparation. Certaines personnes, tu l'as entendu dire, font un enfant dans l'espoir de se retrouver, de consolider leur union fragile. Comme ils ont tort. Les enfants – tu n'en as pas encore, mais tu le sais déjà

– sont des séparateurs. N'ayons pas cet enfant, mon amour, as-tu envie de crier; fais un accident avec la voiture. Pas un gros, juste un accident moyen qui… tu vois ce que je veux dire. Mais tu ne peux pas le dire. L'ironie t'a désertée, le mauvais esprit aussi. Tu ne peux, même en plaisantant, faire des blagues sur la mort de cette personne qui n'en est pas encore une et que tu ne connais pas. Tu n'as plus aucun humour. Tu le cherches. Tu penses au jour où vous êtes allés voir *Rosemary's Baby* au cinéma. La fille accouchait du diable, sauf qu'elle, c'était pour de vrai; c'était un film d'horreur, mais drôle aussi et tu avais souri. Tu étais déjà enceinte, très enceinte même et les gens dans la file d'attente te dévisageaient, les yeux ronds. La différence, c'est qu'à l'époque, tu avais encore de l'humour. Tu ne t'étais pas encore changée en flaque de sentimentalisme. Reviens, reviens, voudrais-tu te crier à toi-même. Sois comme avant. Mais non.

La forme dans le noir

Tu es seule dans la chambre. Le futur père a repris le volant de sa voiture. Quelqu'un lui a dit qu'il pouvait partir, qu'il avait besoin de sommeil. Toi, tu ne peux pas dormir, tu as mal toutes les huit minutes. On t'a quand même mise au lit. On reviendra te voir dans une heure. Et si le bébé sort entre-temps? penses-tu, mais tu n'oses pas le dire. Le papier peint est atroce. Noir avec de très, très grandes fleurs floues, bordeaux et vertes. Tu essaies de comprendre cette décoration. Tu tentes de te représenter la scène au cours de laquelle cet horrible papier peint a été sélectionné. Tu aimerais follement rencontrer le responsable. Tu es persuadé qu'il ou elle aurait une vérité profonde à te dévoiler sur la chose que tu es en train de vivre. Nous avons choisi ce papier peint, chère Madame, parce qu'il fixe l'attention des parturientes : grâce à un subtil effet d'optique, elles s'autohypnotisent et perdent la conscience du temps; elles arrivent à l'accouchement merveilleusement détendues. Tu tentes de te rappeler toutes les choses que l'on t'a expliquées dans cette maternité depuis plusieurs mois. Tu as assisté à des cours. Tu as un passé de bonne élève. Tu aurais dû comprendre et retenir. Mais voilà, ça n'a pas fonctionné. Un genre d'autohypnose, là encore. Dès que tu entrais dans la salle, avec les autres filles, ton cerveau quittait ton corps. Tu observais les ventres indiscernables, moyens, gigantesques, tu écoutais patiemment le récit des douleurs, des craintes, les questions et même les réponses, mais, tout ce temps, tu considérais que tu n'étais pas concernée. Si on procédait par tour de parole – chacune devant confier son expérience, livrer ses angoisses, partager son vécu – tu sautais ton tour et personne ne le remarquait. Tu étais là un peu par hasard, tu ne pensais pas qu'un jour, toute cette science te servirait. Tu revois vaguement une planche anatomique, avec les ovaires sur les côtés, fleurissant comme des glaïeuls imbéciles. Tu aimerais tellement qu'on te rexplique maintenant, dans la chambre sombre au papier peint affreux. Il ne te reste plus beaucoup de temps et tu ne connais pas la leçon, tu ne sais même plus ce que tu es censée faire de ton placenta. Et l'eau, toute l'eau qu'il y a forcément en toi, puisque – ça tu te le rappelles – on dit «perdre les eaux», quand est-ce qu'elle va sortir, pour aller où? Tu te vois comme la fontaine hérissée de plaques de verre de la place Gambetta, déployant ses jets incessants. À quel genre de spectacle dois-tu te préparer. Tu voudrais que quelqu'un t'aide. Mais tu es seule. Tu es seule comme à l'entrée au CP, comme le jour du permis, comme quand tu t'es perdue sur la plage en Espagne, comme la première fois qu'on t'a posé un lapin. Tu tournes la tête sur le côté, pour laisser couler une larme qui, peut-être, te soulagera. Et là, dans le noir, tu distingues une forme. À quelques mètres de toi, il y a un autre lit. Sur le lit, un tas, au bout du tas, une tête et, dans le noir, deux yeux immenses et effrayés qui te regardent.

Le double, le triple

L'infirmière – tu devrais l'appeler sage-femme, mais tu n'y parviens pas – a de longs cheveux raides qui balaient sa blouse. Les mêmes cheveux, exactement, que Sophie Colineau, la plus jolie fille du collège quand tu étais en troisième. Elle porte des sabots à semelle de plastique. Sophie Colineau n'aurait jamais porté un truc pareil. Où est Sophie Colineau, d'ailleurs, à l'heure qu'il est ? Tu as soudain très envie de la revoir. Envie d'aller en cours, de n'avoir pas fait ton exo de maths, d'essayer d'aller fumer à l'interclasse, de te faire convoquer chez le proviseur. Tu as envie d'une vie simple et tu sens que des complications se préparent. L'infirmière saisit ton bras. Elle prend ton pouls. À quoi ça sert? songes-tu. Je ne suis pas malade. Pourquoi j'aurais de la fièvre. Elle prend ta tension, sans parler. Quand elle a fini, elle rejette ton bras sur le drap, comme s'il n'était plus bon à rien, comme un truc mort. C'est au tour de l'autre, la forme dans le noir. Avec elle, l'infirmière est beaucoup plus douce, elle lui caresse la tête et lui parle à voix basse. Tu ne distingues pas les mots, mais tu sens qu'il s'agit de paroles rassurantes. Comment a-t-elle fait pour gagner le cœur de l'infirmière? Tu te le demandes. Tu aimerais tellement que l'infirmière soit ton amie. Tu voudrais carrément qu'elle t'aime. Mais tu as raté. Elle t'a immédiatement prise en grippe. Elle se retourne vers toi et te demande : «Vous avez mal?» Tu ne connais pas la réponse. Faut-il dire oui? Faut-il dire non? Que veut-elle entendre. Bravement, alors qu'une contraction est justement en train de te labourer le dos dans le sens de la largeur tu dis, d'une voix hésitante : «Moyen.» Encore raté. L'infirmière plisse les yeux. «Moyen quoi?», demande-t-elle.» Moyen mal», réponds-tu. Deuxième vague de bêtise : tu ne sais plus parler correctement, tu as perdu l'usage de la belle langue. L'infirmière te regarde, bien au fond des yeux. «Ça va doubler,» dit-elle. «La douleur va

doubler. Et, d'ici deux heures, elle va doubler encore.»
Tu tentes de t'intéresser à son problème d'arithméti-
que. «C'est exponentiel, alors?», proposes-tu. «Vous
ne la voulez pas, vous êtes sûre?», demande-t-elle,
sans lien logique avec ton commentaire sagace. Elle
veut parler de la péridurale. Tu as signé un papier il y
a quelques mois. Tu as dit à l'anesthésiste que tu n'en
voulais pas. Il t'en a pourtant vanté les mérites, comme
un camelot. «C'est tellement pratique, s'il y a un problème.» «Il n'y aura pas de problème», affirmas-tu
alors. «J'ai une excellente constitution.» «Ne soyez
pas égoïste», te conseilla-t-il. «Pensez au bébé. En cas
de souffrance fœtale, on peut avoir à pratiquer une
césarienne en urgence.» Tu as eu très envie de dire :
«Mon bébé a une excellente constitution», surtout
à cause de la fierté que tu éprouvais à avoir trouvé
cette formule. «Il sera toujours temps», répondis-tu,
énigmatique. Il te signifia qu'il trouvait pathétique
ton refus. «Aucune gloire à tirer de ce défi,» furent
ses mots. Ce n'est pourtant pas d'un défi qu'il s'agit.
C'est une question de curiosité. Tu n'es pas certaine
d'avoir de nombreuses autres occasions d'accoucher
sans péridurale dans ta vie. Tu veux savoir ce que ça
fait. Les gens te traitent d'imbécile rétrograde et ils

t'en veulent parce qu'ils sont persuadés – sans le dire – que tu fais ta fière. Tu as envie de leur répondre que tu es très peureuse en temps normal, que pour rien au monde tu ne sauterais en parachute, que tu rechignes à prendre l'avion, que les chiens te mettent mal à l'aise, que même si on te payait très cher, tu refuserais d'aller sur la Lune. Inutile. Le verdict tombe. Tu es une crâneuse. Et tu vas le payer. Deux heures plus tard, alors que la forme d'à côté a été transférée en salle de travail, l'infirmière revient. «Alors?, demande-t-elle en te fourrant la main entre les cuisses pour mesurer l'ouverture. Je n'avais pas raison? Ça n'a pas doublé?» Il serait plus facile de te rendre, de lui dire : «Oui, vous aviez raison sur tout et pour tout, faites-la-moi vite votre bonne piqûre providentielle et pardon d'avoir été une tête de mule.» Sauf que non. Tu réponds : «Ça va.» Elle retire sa main et secoue la tête. «Vous êtes lente à vous ouvrir. Vos contractions ne sont pas efficaces. Ça va peut-être tripler. La douleur va tripler.» Malgré toi, un sourire se dessine sur tes lèvres. Ton humour revient, un tout petit instant, et tu penses : «Je t'emmerde. Si je dois m'ouvrir le ventre moi-même avec les dents pour qu'il sorte ce bébé, je le ferai, sans péridurale, je suis prête à tout.»

De la bêtise, tu passes à son plus proche voisin :
l'héroïsme.

Les vagues

Le temps ne passe pas comme d'habitude. Il est
découpé en tranches de huit minutes. Puis en tranches
de quatre minutes trente. Puis en tranche de trois minutes. Dans l'intervalle, tu reprends ton souffle, tu
oublies. Tu fixes les fleurs floues, bordeaux et vertes
et tu comprends. Tu comprends enfin le choix de ce
papier peint. C'est exaltant.

La force

Tu n'étais pas si inefficace, finalement, car la nouvelle infirmière, celle qui prend son service quand le
jour se lève, découvre que tu as éclos. Elle te félicite.
Elle est tout le contraire de l'autre. Elle a des cheveux
courts et des boucles d'oreilles fascinantes : une paire
de perroquets en bois multicolores. «On va pouvoir y
aller», dit-elle très calmement. Elle te pose une main
sur le front. Sa paume est fraîche, son poignet sent le
savon. Ton visage se crispe de plus en plus souvent.

De sa poche, elle sort une pilule qu'elle glisse entre tes lèvres. «Avalez ça, vous allez triper.» Ce n'est pas ce qu'elle dit, mais c'est la vérité. Tu avales et tu tripes. Avant de te sentir glisser dans la spirale étourdissante d'un petit délire euphorique, tu as le temps de t'enquérir d'un point extrêmement important : «Où est mon mari?» Elle vient de l'appeler, il arrive, on a tout notre temps. Tandis que ton brancard roulant t'emporte vers la salle qui ressemble au laboratoire dans lequel les professeurs fous fabriquent leurs créatures monstrueuses – mélange de technologie et de décrépitude – tu penses que tu n'as pas très envie de voir l'homme qui, l'homme par lequel, le tien, celui qui va te tenir la main. Tu te sens timide. Tu te sens méconnaissable. C'est sûrement vrai car lorsqu'il te voit, il sourit d'un air étonné. Et tu lui souris aussi. Finalement, c'est formidable qu'il soit là. C'est tellement gentil. Et puis il est beau, qu'est-ce qu'il est beau. Tu ris un peu. Cette pilule est vraiment fantastique. Il faudra que tu penses à t'en procurer. On t'allonge sur la table aux étriers. Tu es nue. Comme c'est bizarre. Tu ne te souviens pas d'avoir enlevé tes habits. Tes habits, où sont-ils? «Ma valise, dis-tu, on a oublié ma valise dans la chambre!» Tout le monde rit, à présent. La sage-femme, ton mari et un type, assez beau lui aussi, dont tu ne comprends pas bien la fonction, mais qui a l'air très à l'aise avec les branchements de la machine à monitoring. Tu décides qu'il doit s'agir d'un informaticien. Un informaticien stagiaire, précises-tu pour toi-même, car tu le trouves extraordinairement juvénile. Tes flancs se serrent. Ils t'écrasent. Ils sont en brique. Ils sont en enclume. Comme tu es forte! Comme ça broie là-dedans. «Comment vous respirez?», te demande la sage-femme (qui a gagné son titre grâce à sa sagesse). «Par le nez», expliques-tu entre deux lames. «Vous n'avez pas suivi les cours?», s'informe-t-elle. Ce n'est pas un reproche. Elle est curieuse de ta méthode, voilà tout. Tu ne peux malheureusement pas lui répondre car tu es très occupée. Tu es occupée à faire le truc le plus dur et le plus facile de ta vie. «Vous pouvez crier», te dit l'informaticien stagiaire. «Tu peux crier», te dit ton mari qui serre ta main de sa bonne main large et douce. Tu rigoles. On te dit de pousser. Tu pousses. On t'encourage. On te soutient. C'est le dernier tour de stade d'une marathonienne qui va devoir exécuter un triple saut à l'arrivée, suivi d'un lancer de poids. Pas de problème. Tu as une force immense, une force démente. Tu vois très bien comment tu pourrais pousser les murs de la pièce, saisir l'énorme disque de la lampe chirurgicale qui ensoleille le sommet de ton ventre en acier et, tel un lanceur de disque, la balancer, genoux fléchis au ras du sol, puis, dans un mouvement d'extension et d'étirement de tout le corps, l'envoyer jusqu'à Oran, ou jusqu'à Kiev. Tu vois très bien comment Hercule a fait pour ses douze travaux. Tu pousses. Dans l'oreille droite, tu entends ouais! Dans l'oreille gauche, tu entends super! Une stéréo du tonnerre. Jamais tu n'as rencontré pareil succès. Mêmes les deux boulangers qui viennent d'entrer (tu adores leurs tenues à l'ancienne, petit calot blanc, tablier et cuissardes en caoutchouc) y mettent du leur. «On y est! On y est presque! Arrêtez de pousser!» Arrêter? Tu viens à peine de commencer. Pourtant, ils sont tous là, à te le répéter. «Il faut arrêter de pousser.» Tu les entends. Tu les crois. Tu arrêtes. Le flot, la langueur, la douceur, le chaud. «C'est un garçon», entends-tu. Qui? Quoi? Où? Là. Là.

Sur ton ventre, une grenouille bleue s'est posée.

Tu lèves la tête.

Et tu n'en reviens pas.

Sur ton ventre, il y a un type formidable.

Marie Desplechin

Est née en 1959. Elle est la mère de trois enfants de vingt et un ans, dix-neuf ans et neuf ans. Auteur d'une vingtaine de livres pour enfants, elle a également publié *Trop sensibles* (Éditions de l'Olivier, 1995), *Sans moi* (Éditions de l'Olivier, 1998), *Le Sac à main* (Estuaire Éditions, 2004), *La Vie sauve*, avec Lydie Violet (Le Seuil, 2005), *Un pas de plus* (Page à page, 2005).

Maya

Mon beau-frère habitait la région toulousaine. J'avais dix-sept ans, il avait dépassé la trentaine, le jour où nous nous sommes rencontrés. Il revenait d'une séance de *rebirth*. Il s'était roulé par terre, tout au long de l'après-midi, en poussant des cris. Je suppose qu'il avait espéré de tout cela un soulagement, un bénéfice. Mais à l'arrivée, il était déçu, il était furieux. Sa mère faisait les frais de sa colère, voilà, tout était de sa faute, la déception et la fureur. Je me souviens de ma stupéfaction. Il fallait être complètement cinglé pour espérer renaître. Surtout si c'était pour en vouloir à sa mère. Naître était comme mourir, naître était définitif, et sans retour possible.

J'étais née, et je n'en tenais rigueur à personne. Certainement pas à ma mère. Elle avait fait ce qu'elle avait à faire, elle m'avait amenée là où je devais venir, avec son corps, c'est une chose qu'elle avait faite honnêtement, rien à dire là-dessus. Vous n'étiez pas et puis vous étiez. C'est ensuite que les griefs pouvaient commencer. Cinq minutes après la naissance si vous voulez. Les griefs commençaient avec la vie.

Les femmes de ma famille, ma mère, mes tantes, ma grand-mère, parlaient peu de leurs accouchements. Entre elles, peut-être. Mais aux enfants, à qui pourtant on n'épargnait pas grand-chose, pas un mot. Quelques anecdotes, un peu de contexte, sur le ton de la blague, et c'était tout. À côté de mourir, qui faisait toute une histoire, naître se passait de mots.

Mais peut-être était-ce moi. Je ne m'intéressais pas. Je ne pensais jamais aux bébés, je me fichais des bébés, ce n'était pas de la méchanceté, c'était de l'indifférence. Je ne pensais pas que je pourrais jamais avoir, moi, un bébé de mon corps, quelle idée, d'ailleurs je n'avais pas de poupée, pas d'animaux en peluche, je dormais mal, mais je dormais toute seule. Considérant l'avenir, je n'aurais pas eu l'idée de l'encombrer d'un enfant, d'une famille, d'un mari. Ma famille était derrière. Devant, il n'y avait que moi.

Cette belle échappée ne pouvait pas durer toujours. C'est une pièce de cinq francs qui m'a ramenée à la réalité, et à l'espèce. À force de passer du temps le nez dans les livres, tout ce temps que je ne passais pas à jouer à la poupée, je m'étais convaincue qu'il était beau d'être écrivain. Je n'avais pas suffisamment d'ambition pour espérer rivaliser avec Caroline Quine ou Enid Blyton, ni même avec Agatha Christie. Mais pourquoi pas avec Arthur Rimbaud ou avec Victor Hugo, qui étaient morts depuis longtemps, laissant un héritage et une charge à reprendre?

«Non, m'a dit Éric, que j'embrassais tous les soirs consciencieusement, dans ma chambre, tout en haut de la maison. Non, les femmes ne peuvent pas devenir écrivains, c'est aux hommes qu'il revient de l'être, car les femmes créent des enfants.»

Il faut penser que je l'ai cru, en partie au moins, parce que je me suis mise en colère. Ce que j'en connaissais, de cet état de femme, était déjà suffisamment pénible pour me donner périodiquement envie de renoncer (mais il n'y avait personne à qui s'adresser, pour les renoncements). Et voilà que ce carrousel d'enquiquinements s'achevait par une déclaration d'incapacité. C'était une malédiction. Éric, qui était un garçon doux et indécis, fut désarçonné.

« Rien n'est plus beau que de donner naissance à un enfant, dit-il avec émotion, il savait de quoi il parlait, son père était médecin généraliste et pratiquait les accouchements. Au moment de la naissance, le col de la femme s'ouvre. Quand il est large comme une pièce de cinq francs, on sait que l'enfant va arriver. »

Nous sommes encore à l'époque où les euros n'ont pas supplanté les francs, où la pièce de cinq francs est large comme un sablé breton dont on a rongé le tour, et où mes connaissances en anatomie sont totalement nulles. Je n'ai aucune idée de ce qu'est un col, les seuls que je connaisse appartiennent à mes chemises. J'ai bien reçu pour mon édification, il y a quelques années, le manuel d'éducation sexuelle de Marie-Claude Monchaux. Mais la seule information accessible qu'on y trouve concerne la traite des Blanches, à laquelle les jeunes filles doivent prêter une grande vigilance. Le reste se compose de cycles hormonaux coloriés en rouge et en bleu (œstrogène, progestérone), et de schémas d'organes génitaux vus en coupe. On ne saisit pas très distinctement comment les choses se passent, d'un strict point de vue technique. Mais à la fin de tout cet ennui, arrive un bébé très joliment dessiné, et qui est bien la dernière chose sur laquelle on cherchait des renseignements. Le constat est clair : le sexe n'a rien à voir avec la naissance, ou alors c'est un terrible manque de chance. On peut donc abandonner Marie-Claude Monchaux et les mystères de la naissance à ceux qui lisent couramment les cycles hormonaux. Pour le sexe, un rapide examen des rayonnages suffit à vous apprendre que l'essentiel se trouve chez Henri Miller.

Reste que, dix ans plus tard, le jour où j'enfante à mon tour, c'est à Éric que je dois ma seule information à peu près précise sur ce qui arrive : à la pièce de cinq francs, mon compte est bon. Malheureusement, cette connaissance ne m'est d'aucune utilité. Je ne peux pas voir mon col. Il pourrait avoir atteint la taille d'un napperon au crochet ou même d'une soupière, nous en serions exactement au même point, lui et moi. De toute façon, le pauvre ne joue aucun rôle dans l'histoire. À force de faire l'imbécile, j'ai perdu les eaux. Quand j'arrive à l'hôpital, ce col est bouclé comme au premier jour. J'ai peur, j'ai mal, la sage-femme est un kapo, vingt heures plus tard enfin, les jeux sont faits, rien ne va plus et j'entre au bloc pour une césarienne.

Je me félicite d'avoir séché les cours de préparation à l'accouchement. J'avais bien pointé le nez, au premier, avant de fuir, au bout d'une dizaine de minutes. Une femme en blouse, affreusement déterminée, imposait, à quelques futures parturientes sous influence, le film complet d'un accouchement, vu de face. C'était un spectacle terrible à voir, et tout à fait inquiétant, l'intimité violacée de cette femme inconnue et morcelée, dont je me demande encore par quelle folie elle avait accepté de se laisser filmer. Passe encore d'offrir son placenta après les festivités. Mais son appareil génital distordu en plan fixe, et sur l'instant, c'était excessif. D'autant qu'elles ne servaient à rien, toutes ces images. Car le grand privilège de la parturiente est de ne rien voir de ce qui se déroule en bas. Ne rien voir, ne rien savoir. Faire. Naître.

«On oublie», disaient ma mère et mes tantes. Elles avaient des sourires énigmatiques, des sourires de statues grecques pour dire cela, tout ce qu'elles avaient à en dire pour finir : on oublie. Le reste était l'anecdote. C'était l'oubli qui restait – sans lequel personne, à les en croire, n'aurait repiqué au truc. On peut faire tout un plat du cordon ombilical et de la signature qu'il laisse au ventre du nouveau-né. Mais un autre mystère, et autrement profond, liait la mère et son bébé : le silence de l'oubli. L'ange qui imposait son doigt sur les lèvres de l'enfant scellait dans un même geste la bouche de la mère. Le magnifique oubli réduisait toutes les pièces de cinq francs et tous les films d'accouchement, pris de face, de dos ou de profil, à ce qu'ils étaient : des bavardages, des malentendus.

J'ai donné naissance, à plusieurs reprises, et dans des conditions différentes. Il faudrait que je sois de mauvaise foi pour passer sous silence la gloire toute personnelle que j'en ai gardée. Mais enfin, je n'y vois rien qui se partage, qui vaille d'être raconté. La mémoire, plutôt, un peu embuée, d'avoir été traversée par un mystère, dans le même temps possédée et dépossédée, et rendue à l'ignorance. Une ignorance débordée, faite de mémoires successives, d'images qui déboulent et s'agglutinent, font écran, et occultent à jamais le souvenir de l'instant. Qu'on y prenne sa part par l'amont ou par l'aval, la naissance reste en retrait. Disparue aussitôt qu'apparue, cachée, secrète.

Participer, comme mère, à la naissance de mes enfants, ne m'a rien appris sur ma propre naissance, ne m'a rien appris sur la naissance, ne m'a rien appris. Rien de présentable, rien qui se distingue dans la masse confuse des émotions de l'éveil. Après tout, être ne nous apprend rien de plus sur ce que c'est que d'être.

Mais attention : si je n'avais pas vu ce que c'est que naître, je ne savais pas rien. J'avais de l'expérience. Ce genre d'expérience qui vous dit qu'il vaut mieux ne pas y aller seule, à la clinique, à l'heure des pièces de cinq francs. On peut avoir besoin d'un peu de compagnie, quand on attend en salle de travail, de quelqu'un qui sache vous distraire et utilise le brumisateur avec discernement. Je m'en suis expliquée avec Françoise, qui portait sa grossesse avec panache et entendait s'y rendre seule, à l'accouchement.

« Laisse-moi un message quand tu pars, lui ai-je proposé. Je te rejoins à la clinique.

Le message était : « Rendez-vous à la poste ». C'était une étrange idée de l'avoir codé, nous devions avoir nos raisons. Toujours est-il que, trois mois durant, je n'ai pu passer la porte d'un bureau de poste sans amorcer une crise de panique. Il fallait que j'appelle au secours et que l'on vienne m'extraire de la cabine téléphonique où je m'étais finalement effondrée. Cette grossesse m'exténuait. Est arrivé enfin, le jour de délivrance, le vrai jour de la poste. À l'écoute du message, les inquiétudes se sont ratatinées comme des ombres à midi, et j'ai rejoint mon amie à l'hôpital où le personnel soignant m'a accueillie fraîchement. Passe encore d'avoir à supporter des pères qui tournent de l'œil dans les couloirs, mais des amies de primipares qui ne peuvent prétendre, pour s'évanouir, à aucun titre familial ni professionnel, c'était trop de désagrément. Il a fallu que j'en appelle à mes maternités pour convaincre et m'asseoir au chevet de mon accouchante, en matrone avertie et bien intentionnée.

Je lui tenais la main, tout à mon affaire d'y être cette fois sans en être, attentive au travail qui avait commencé, et qui méritait comme jamais son nom de souffrance et de labeur. Je voyais se déclencher et grandir ces grandes vagues déchirantes qui partent des reins, prennent le dos et saisissent tout le corps pour finir, et dont nous comptions les espacements. Rien d'autre à faire que d'accompagner le mouvement, en dépit du désir fou de lui trouver une alternative, n'importe laquelle, partir en courant, acheter le journal, allumer une cigarette, se boucler dans une salle de cinéma, préparer une tarte pour le dîner. Ce corps qu'on avait l'habitude de pouvoir distraire, à défaut de toujours pouvoir le commander, avait pris la direction. Il avait fomenté de s'ouvrir pour laisser passer l'autre. Ah çà, ils s'étaient bien mis d'accord tous les deux, le grand et le petit. Vous pouviez toujours essayer de vous opposer à leur double poussée, c'était peine perdue. Françoise avait le visage tout rouge et les cheveux humides, elle souriait bravement, mais ce sont des regards dont je me souviens surtout, de l'endurance égarée des regards. C'est donc ainsi que j'avais été à mes cinq francs, démantibulée, écarlate, exorbitée, à merci. À moi seule, un petit Guernica. Et cette bande d'entraîneurs de l'autre côté, qui prenaient la chose en habitués des records du monde, saluant sportivement la performance sans en exagérer la portée.

«Poussez, Madame! Encore un peu!»

Les écluses étaient grandes ouvertes, les canaux dégagés, la personne sur le point d'accoster. Le moment est venu d'arrêter de pousser. Nous y étions.

À me tenir modestement à ma place de chevet, j'avais gagné l'estime des entraîneurs. Je faisais partie de l'équipe. J'ai été invitée à abandonner mon poste et à les rejoindre, pour observer *in situ* la sortie du bébé. Mais j'ai décliné. J'avais déjà vu le film. Je suis restée avec la mère, épousant son point de vue, si tant est que nous ayons pu prétendre à la même vue ; j'avais, moi, tous mes esprits.

« La tête, a commenté l'entraîneur en chef. Les épaules… »

Il nous tenait au courant de l'action, en temps réel. J'avais l'impression d'assister, de la salle de contrôle terrestre, à un alunissage. Le spationaute a donc passé la tête, dégagé les épaules et puis il a glissé.

Nous avons vu deux mains gantées de blanc se lever lentement, une aurore montant doucement sur le ventre. Elles tenaient entre les paumes la nouvelle-née. Il s'est agi d'un instant, quelques secondes peut-être, moins d'une minute entière. Le petit corps était suspendu dans l'air, droit et raide, et couleur de gelée de quetsche. Un filet blanchâtre, mince et crevé comme une crépine, couvrait le crâne. On aurait dit qu'on venait de l'extraire de la terre, une terre rouge et collante, de l'arracher à son sommeil de racine. Il gardait l'allure militaire, les bras collés au corps, comme s'il avait été serré longtemps dans des langes, et les yeux terriblement clos, de gros globes bombés sous les paupières. Et tout autour des yeux, le visage imperturbable, le visage vierge de la naissance. Elle ressemblait, la nouvelle-née, aux statuettes mayas qui sont petites, trapues et raides, et gardent fermés leurs énormes yeux de pierre. Qu'on leur ait attribué des modèles extraterrestres dit assez ce qu'elles montrent : l'instant fugace qui sépare le monde et l'outre-monde, et celui dans lequel ils se côtoient. L'entre-deux.

Françoise pleurait, je regardais, les entraîneurs attendaient. Nouvelle-née s'est mise à hurler. Les membres se sont détachés du corps. Les yeux sombres se sont ouverts sur un monde sans formes. La bouche a dessiné dans le visage un cercle sombre, elle hurlait tant qu'elle pouvait. Elle était agitée et rageuse, elle était vivante. Les mains gantées de blanc ont déposé le bébé sur le ventre de Françoise.

« Héloïse, a dit Françoise. »

C'était fini. La vie pouvait commencer, la vie, les griefs et le reste.

Les gants blancs ont saisi de grands ciseaux. Les lames ont sectionné le cordon. Parfois, je crois me souvenir qu'on m'a tendu les ciseaux et que je l'ai coupé, ce cordon. D'où tiendrais-je sinon le souvenir de ma surprise à sa résistance, à sa solidité élastique ? Mais je n'en suis pas sûre. L'image de la naissance a tout effacé. Parce que je la tenais cette fois, l'image, je la tenais pour de bon, à l'exclusion de toutes les autres. Héloïse a grandi sans que jamais ses images de bébé, de petite puis de grande fille, viennent estomper la première, immobilité, silence, éternité.

Il me reste encore un détail à régler, pour honorer ma dette envers celle que je suis le jour où Éric m'annonce, dans ma chambre au dernier étage, que le crédit qui m'a été fait d'une pièce de cinq francs annule ma capacité à jamais écrire un livre, « car les femmes créent des enfants ».

Je lui en ai voulu longtemps, de cet *aut liberi aut libri* – ou les enfants ou les livres –, avant de relever qu'en affirmant «l'un ou l'autre», on ne disait autre chose, dans le fond, que «l'un comme l'autre», «l'un pareil à l'autre». Dès lors qu'ils entraient en concurrence, c'est qu'ils étaient de la même sorte et de la même nature.

L'enfant s'opposait au livre, comme le froid au chaud, le jour à la nuit, le blanc au noir, le ying au yang, l'homme à la femme. Comme le monde allait sur deux jambes, il fallait respecter l'équilibre, répartissant toujours la charge entre l'un et l'autre. À la fin des répartitions, le livre était jour, chaud, yang et homme. L'enfant nuit, froid, yin et femme. Dès lors que j'étais femme, j'avais des enfants, pas des livres. Argument historique, organiquement irréfutable chez les héritiers du *tota mulier in utero* – une femme, c'est son ventre et rien d'autre –, on n'a jamais vu quelqu'un produire des livres dans son ventre et les amener au jour par un canal ouvert entre les jambes.

N'empêche, il fallait ne pas avoir la vue très nette pour confondre deux objets aussi disparates qu'un livre et un enfant. Il fallait être ermite, vieillissant, catarrheux, ou avoir le goût prononcé de la plaisanterie, pour les opposer l'un à l'autre comme des semblables et des rivaux. À ce compte-là, on aurait pu opposer l'enfant et l'épée, l'enfant et la coupe en fer forgé, l'enfant et le ballotin de paille tressée. Pourquoi l'enfant et le livre ?

À cause de la naissance. De toutes ces métaphores qu'appelle la naissance, et qui s'appliquent à une quantité d'expériences, pour peu qu'elles présentent un petit quelque chose d'inaugural. Naissances, la découverte, l'apprentissage, la révélation. Naissance, la grâce, et le rebirth de mon beau-frère en colère. Naissances, la peinture d'une toile, la construction d'un pont, l'écriture d'un livre. Toutes naissances approximatives et lointainement apparentées dans l'idée du passage et du recommencement.

Cher Éric, je suppose qu'il mourait d'envie d'être traversé par le corps d'un autre. Il aurait adoré s'ouvrir comme une écluse, faire au même instant l'eau et l'éclusier, le canal et le marinier. Mais comme il n'en était pas question (personne à qui s'adresser, pour les réclamations), il ne voyait pas pourquoi il me laisserait aussi les livres, la naissance des livres, leur naissance métaphorique. Nous nous sommes fâchés, nous étions bien pareils, nous n'avions aucune expérience de rien, nous nous disputions des idées d'enfants et des idées de livres, avec des mots qui étaient comme des jouets, il ne voulait pas que je les prenne tous, et que je sois toute seule à m'amuser.

C'est étrange comme cette dispute m'est restée en mémoire. J'ai pourtant rompu avec Éric, à l'aube de mes quinze ans, j'ai pourtant donné naissance à des enfants, j'ai pourtant divorcé et j'ai perdu de vue mon beau-frère toulousain, j'ai pourtant écrit des livres. Je me suis pourtant disputée avec une quantité de gens, pour des motifs urgents et autrement convaincants.

Mais je n'en ai jamais fini avec celle-là. J'argumente toujours, au-dedans de moi, avec une voix qui m'intime l'ordre de choisir. Je ne suis jamais parvenue à me débarrasser de la conviction d'être, par nature, la trop dotée. La bavarde et la silencieuse. La trop gâtée.

Camille Laurens

Est née à Dijon en 1957. Elle est la mère d'une fille de dix ans. Elle a publié entre autres, *Philippe* (POL, 1995), *Cet absent-là* (Leo Scheer, 2004), *Dans ces bras-là* (prix Fémina, POL, 2000) et *L'Amour, roman* (POL, 2003).

Abandon*nés*

J'ai accouché de deux enfants, un garçon et une fille, mais je n'ai aucune expérience de la naissance. Ce que je pourrai en raconter n'a aucun rapport avec ce que j'en ai vu, avant ou depuis, dans des films documentaires ou de fiction, ni avec ce que j'en ai lu dans les livres, romans, nouvelles ou manuels pratiques. Je ne me reconnais pas dans les récits que font les mères de ce moment-là – en amont, oui, l'attente de la grossesse, puis la douleur du travail, mais la naissance, non, pas la naissance. Il y a beaucoup de clichés autour de cet événement, ce sont toujours des clichés de bonheur puisque c'est toujours un heureux événement. Le cliché de la naissance, pour moi, s'encadre dans le sentiment du partage. Disant cela, je ne pense pas précisément à la présence du père. Naître, comme concevoir, se fait à deux, mais ce ne sont pas les deux mêmes. Dans la Bible, connaître, c'est faire l'amour.

Mais la naissance est aussi une connaissance – une co-naissance. Il y a la mère qui met au monde, il y a l'enfant qui vient au monde, ça va ensemble, ça se tient. Sinon, c'est n'être.

Or, justement, je n'ai pas connu ce partage. Mon bébé et moi, fille ou garçon, n'avons jamais été ensemble à cet instant-là. La séparation que matérialise symboliquement l'acte de couper le cordon, je n'ai pas eu à la faire, elle était déjà faite. Nous nous sommes connus séparés, mes enfants et moi ; nous sommes nés séparément. Ce n'est pas commun, je sais, ce ne sont pas des naissances communes : il y en a toujours eu un des deux qui n'était pas là. La première fois, c'était Philippe. Il m'a écrit pendant six heures sa lettre d'adieu sur l'écran du monitoring, mais je n'ai pas compris, je déchiffrais mal cette écriture heurtée puis presque plane, je n'ai pas su lire – c'était la première fois que j'étais en correspondance avec un bébé. Il est né «en état de mort apparente» : ni cris, ni couleurs, ni gestes. Pas vu, pas pris, pas donné. Emporté. Pas d'odeurs des corps, pas de douceur de la peau, pas de chaleur, pas de mots. Né sans sens. Aucun sens à rien. Né en silence. Pas vu le jour, pas pris le temps. Pas donné la vie.

La deuxième fois, ç'a été le contraire : c'est moi qui me suis absentée. Le travail n'avançait pas, je ne dilatais pas d'un pouce, je ne voulais pas le lâcher, ce bébé-là. On a décidé de me faire une césarienne sous péridurale, tout était prêt, sauf que quand le chirurgien a enfoncé son scalpel dans mon ventre, j'ai fait un bond d'un mètre en hurlant. «C'est impossible, m'a-t-il dit, vous ne devez rien sentir», mais bon, j'étais dans ma peau, je sentais tout et je ne voulais rien savoir, il a fallu m'anesthésier avec une dose de cheval. Plus tard, au cours d'une psychanalyse, il est apparu que, née un 6 novembre, j'avais été conçue un 7 février (ma mère, pendant ma première grossesse, m'ayant répété plusieurs fois que j'avais été très ponctuelle, «née à terme, à un jour près»). Or, Philippe est né et mort un 7 février. J'avais donc développé une espèce de pensée magique : ma vie = sa mort. Ma présence au monde = son absence au monde. Pour ma fille, j'ai sans doute voulu inverser l'équation : si je n'étais pas là, elle avait peut-être une chance d'y être, une chance d'y naître. Si je me mettais, moi, en état de mort apparente, j'allais peut-être réussir à lui donner la vie. Ça s'est passé comme ça, c'est sur la poitrine de son père qu'elle a poussé son premier cri, c'est avec son père qu'elle a fait connaissance, je lui ai refilé le bébé. Moi, j'ai émergé plusieurs heures après, ils ont eu beaucoup, beaucoup de mal à me réveiller.

Au fond, si je dois parler de la naissance, ce n'est pas comme mère que je me sens le plus compétente, c'est comme enfant. Bien sûr, pas plus que vous je ne me souviens du jour où je suis née, même si cela m'a toujours paru incroyable, ce trou de mémoire de trois ans qui creuse comme une fosse obscure au début de la vie. En fait, la naissance nous est toujours racontée par nos mères ou par nos névroses, nous n'y mettons jamais nos propres mots posément. La naissance, qui est, avec la mort, l'expérience la plus intime qui soit, a en commun avec elle de ne pouvoir être racontée : dans le récit, c'est toujours l'expérience de l'autre. Cependant, il m'est arrivé quelquefois d'éprouver charnellement des sensations et des sentiments dont j'ai pensé qu'ils étaient ceux de la naissance, en tout cas voisins. Non que j'aie jamais participé à ces tentatives de *rebirth* à quoi s'essaient certains pour retrouver leur mémoire la plus ancienne, la plus enfouie. Non. Mais le froid qui saisit le corps d'un seul coup, l'angoisse physique qui l'étreint par le milieu, l'envie de hurler, l'extraordinaire dénuement, la terrible dénudation qu'est cette arrivée à l'air libre, faussement libre puisqu'on est tellement dépendant, je les ai reconnus chaque fois que j'ai été séparée de quelqu'un – séparée sans l'avoir voulu. La rupture amoureuse est donc pour moi ce qui ressemble le plus à la naissance, physiquement. Naître, c'est rompre un lien qu'on ne peut défaire, c'est un abandon paradoxal : on est abandonné par quelqu'un, on est abandonné à quelqu'un : on se sépare d'un être dont on ne peut pas se passer. La naissance est un grand, un immense chagrin d'amour.

On me dira que c'est la mère d'un enfant mort qui parle ici. C'est vrai : j'imagine sans doute ce qu'il a ressenti au miroir de mes propres émotions. Après sa naissance, j'ai dû faire non seulement le deuil de lui, mais le deuil de moi, tant il est certain que dans l'amour on aime aussi l'image que l'autre a de nous. Il n'y a eu aucune image de moi dans les yeux de Philippe. Le sentiment de toute-puissance que peut éprouver une mère qui vient d'accoucher, lorsqu'elle sent que pour son bébé elle est tout, j'en ai eu l'exact négatif à la naissance de Philippe : je n'étais rien pour lui, pas même l'objet perdu, l'être idéal qu'il était déjà pour moi. Malgré tout, je crois qu'il y a, dans cette expérience très sombre que j'ai de la naissance, quelque chose de juste, qu'on oublie quand tout se passe bien : c'est que c'est une perte. On dit : avoir un enfant. Mais on n'a pas d'enfants, on n'a pas un enfant comme on a une voiture. On dit : voir le jour. Mais on voit aussi la nuit. La naissance, pour la mère comme pour le bébé, c'est perdre quelqu'un, c'est être perdu. La terre natale est toujours un exil. Ce n'est pas désespéré, ce que je dis là. Il est sûrement plus grave de nier l'abandon premier qu'est la naissance, de le refouler au fond de soi. Car le désir dans sa vitalité, le désir de vivre se bâtit sur ce terrain-là. Comme je l'éprouve tous les jours avec ma fille, savoir qu'on s'est perdues est encore la meilleure façon de se retrouver. Et alors, c'est si bon ! On peut rapatrier en soi des émotions postérieures à l'instant même de la naissance : de l'odeur d'une crème contre l'érythème au plaisir sensuel d'un câlin, d'une comptine oubliée aux premières lallations, donner naissance nous redonne aussi notre enfance. Quand on serre son bébé contre soi, on ne sait pas toujours très bien qui est qui, on retombe en enfance, on naît mère et on est enfant, on se souvient.

La naissance, vue autrement (mais ce n'est qu'un détour apparent), est une reproduction. Pas seulement au sens où deux êtres se sont reproduits, mais aussi parce qu'on reproduit le passé. La naissance s'inscrit dans une filiation, un héritage d'histoires de famille et de secrets. Elle donne l'occasion de revenir sur ces secrets, de cracher le morceau : alors, t'accouches? La naissance dit quelque chose du passé, quelque chose qui insiste, mais qu'on n'entend pas. Ainsi par exemple, le jour où j'ai accouché de Philippe, c'est ma mère qui m'a accompagnée à la clinique (le père de Philippe était alors à l'étranger). Je lui ai trouvé tout de suite l'air bizarre, gênée, empruntée, comme si elle ne savait pas quel rôle jouer, quelle attitude adopter : là encore, les clichés de naissance, le fameux rapprochement des mères et des filles, ont volé en éclats : aucune complicité, ou bien dans le sens négatif – nous étions complices d'un forfait inconnu, une faute avait été commise et ma mère semblait en porter le poids écrasant. Je me souviens parfaitement de ces impressions, même si je ne me suis rien formulé de précis à ce moment-là, quand rien d'inquiétant n'avait encore été décelé et que j'attendais calmement d'entrer en salle de travail. Or, ma mère a elle-même perdu un enfant à la naissance, une petite fille née et morte en décembre 1958, dans un contexte psychologique que je ne veux pas dévoiler ici, mais qui avait sans doute fait peser sur elle une forte culpabilité. La mort de Philippe a donc été comme une réactualisation d'un passé douloureux. L'instant de la naissance me semble dans tous les cas (souvent moins dramatiques, heureusement) particulièrement vulnérable au surgissement de l'inconscient et de la névrose. Quelque chose se rejoue d'une génération l'autre, un embrouillamini de fantasmes et de culpabilités qui donne à ce que Freud appelle «le roman familial» un aspect parfois tragique, au point qu'on peut parler dans certains cas de «fatalité psychique». La naissance est en effet le lieu favori du destin, et si les contes imaginent, penchées sur les berceaux, des fées bonnes ou Carabosse, ce n'est sans doute pas tout à fait un délire narratif. Je voudrais donner un autre exemple. Quand ma fille est née, guère plus d'un an après Philippe, j'ai cru que je ne saurais pas m'en occuper, que je serais une mère déficiente, incompétente, indigne. Je sentais en moi une incompréhensible pulsion de fuite, malgré l'amour que j'éprouvais pour ce bébé joyeux et bien vivant. J'étais comme clivée, comme si un double de moi-même, un fantôme affolé s'agitait en tous sens pour savoir quoi faire : être ou ne pas être mère ? L'angoisse était immense, intolérable, permanente, sans rapport avec une banale dépression post-partum : je n'étais pas déprimée, j'étais étranglée par l'urgence de me séparer de mon bébé, par la nécessité de lui rendre service en m'en allant. Ça a duré quelques semaines, mon mari m'a beaucoup aidée, et j'ai fini par comprendre que nous pouvions cohabiter harmonieusement, mon bébé et moi, en restant l'une et l'autre en vie. C'était en 1995. Or, il y a six mois, ma tante est morte – la sœur de mon père. Nous avons recueilli chez elle des albums-photos, et un soir, assise à côté de mon père, j'en ai tourné les pages. Je cherchais secrètement un portrait de ma grand-mère paternelle, que je n'ai à peu près pas connue parce qu'elle a abandonné ses enfants (mon père et ma tante) tout petits pour épouser son amant. J'en ai finalement trouvé un – une jeune femme brune avec un bébé dans les bras. «Qui est-ce ? ai-je demandé. - C'est ma mère», a lâché mon père du bout des lèvres (mon père a arrêté de dire maman vers l'âge de cinq ans). Sur le cliché, elle était entourée d'un homme et d'une femme. «Et eux ?» Mon père s'est penché sur l'album d'un air scientifique et indifférent, et a dit : « Eux, ce sont les gens qui l'ont élevée. – Ah bon !? ai-je répondu, stupéfaite. Ses parents étaient déjà morts ? – Non, m'a dit mon père. Elle n'avait pas de parents. Elle a été abandonnée à la naissance, sur le parvis d'un temple. Ma mère était une enfant trouvée », a-t-il conclu.

C'est là mon conte singulier de la naissance, et sa leçon : les enfants nés sont des enfants trouvés, et les enfants trouvés ont d'abord été des enfants perdus – perdus par des parents qui ne l'étaient pas moins. Nous sommes nés abandonnés. La naissance est un lieu à haut risque, un danger qu'on essaie de passer sous silence, un état sauvage qu'on tente d'encadrer comme une photo de famille, le passé qui se déchaîne sur l'avenir, le commencement de la fin. Lieu de naissance : mortel. J'ai bien sûr un regret immense, celui de n'avoir pas connu et de ne plus jamais pouvoir connaître une naissance simple et harmonieuse, où tout irait de soi. Le mot « naître » a la même origine que le mot « nature » : la nativité est naturelle, la naissance un acte spontané de notre mère nature. Je ne sais pas dans mon corps ce qu'est une naissance naturelle, c'est pourquoi j'en rêve. Le radical latin *nativus* a donné aussi l'adjectif «naïf». Toute naissance devrait être naïve, ingénue, innocente comme l'enfant qui vient de naître, une connaissance innée, une reconnaissance immédiate et sans détours – la reconnaissance du ventre : «C'est toi, diraient à l'unisson chacun des trois protagonistes, c'est bien toi, je te reconnais.» Mais je me demande si ça existe vraiment, si ça n'est pas juste une image fabriquée pour faire oublier le drame complexe qui se noue et se dénoue à chaque instant. Depuis quelques années, l'habitude est prise par les stars d'exhiber leur grossesse et leurs clichés de bonheur. Je frémis toujours en les voyant, elles ont le sourire des spationautes avant de monter à bord de la navette. L'extrémité du tragique, c'est quand il s'ignore. Les enfants, de leur côté, ne sont pas dupes : ils savent très bien que c'est grave, ils ont l'intuition de la gravité de la naissance, que ça fait partie des événements graves, qui gardent toujours leur mystère, avant comme après. Ils n'en sont plus aux cigognes, il y a longtemps qu'ils n'ignorent plus que ce n'est ni simple ni naïf – pas bête comme chou.

Je ne voudrais pas finir sans dire ceci : que la naissance n'est pas seulement ce moment hautement dramatique, ce cataclysme ponctuel, cette *catastrophe* au sens étymologique. C'est aussi et d'abord une expérience quotidienne et partagée, la présence d'un objet d'amour éternellement perdu et retrouvé, un bouleversement permanent fait de connaissance et d'énigme, de distance et de fusion, d'absence et d'effusion. Tous les jours, je regarde ma fille comme si elle venait de naître, et je n'en reviens pas. On ne revient pas de la naissance, on y reste, on y est toujours. Date et lieu de naissance : ici et maintenant. Je la regarde vivre, je m'émerveille de ses gestes, de ses sourires, de ses phrases, c'est toujours la première fois. La catastrophe est un miracle. L'angoisse m'est restée aussi, mais en plus doux. Je me souviens de ce vers dont j'ai oublié l'auteur, et qui résume pour moi l'amour maternel : «Il faut savoir se mettre tout entier dans une feuille et la voir qui s'envole». Mettre au monde est une chose incroyablement compliquée : comment donner la vie tout en la gardant, comment co-naître, comment renaître? Ça peut prendre du temps, donner le jour, c'est au jour le jour. Personnellement, je ne suis pas heureuse de naissance. Ma fille le sait, elle me connaît comme si elle m'avait faite. Mais elle sait aussi que, d'une autre manière, je suis une mère née.

Geneviève Brisac

Est née à Paris. Elle est la mère de deux filles, de vingt-cinq et vingt et un ans. Ancienne élève de l'École normale supérieure, éditrice à L'École des loisirs, elle a publié une vingtaine de livres pour enfants et adolescents, trois essais et huit romans dont *Week-End de chasse à la mère* (prix Fémina, Éditions de l'Olivier, 1996), *Voir les jardins de Babylone* (Éditions de l'Olivier, 1999), *La Marche du cavalier* (Éditions de l'Olivier, 2002), *Les Sœurs Délicata* (Éditions de l'Olivier, 2004) et *VW, Le Mélange des genres*, avec Agnès Desarthe (Éditions de l'Olivier, 2005).

Délivrance

Acte 1

Le sentiment d'imposture, me dis-je.

Nous clapotons.

Battements de pieds. Au fond de l'eau, les carrés de céramique se déforment au gré des vagues que nous soulevons. Les bonnets de bain en plastique bleu nous font des crânes identiques. Ribambelle de femmes enceintes jusqu'aux dents. Autant de mystères en maillots de bain. Nous nous préparons à la naissance. Nous sommes des stars, les sujettes d'un immense événement, unique et innommé. Fêtons tous le divin enfant.

Les ventres flottent, et nous toutes autour, agitant nos bras et nos jambes, nous réjouissons.

Marilyn a de gros genoux, pas que les genoux, au point où nous en sommes, cette phrase qui me revient me fait rire par surprise, et je bois la tasse. Je sais que ne j'y arriverai jamais.

Nous sommes donc vingt, dans cette piscine chaude, vingt grosses grenouilles avec des bonnets bleus très collants sur la tête, et nous baignons – agitant nos pattes fluettes – dans une eau d'extrême-auto-satisfaction. Quoi de plus beau, a dit la sage-femme, quoi de plus beau que de donner la vie?

Quoi de plus beau, c'est vrai, et de plus impensable. Je ne peux m'empêcher de penser que nous n'y sommes pas pour grand-chose, chemin de passage, petit gué à gros ventre, chrysalide.

Je ne peux m'empêcher de penser que nous ne donnons rien. Ou alors si, mais c'est alors incommensurable, inassumable, car qui donne la vie, donne la mort, et c'est donner deux fois ce dont on ne sait rien.

«Fais pas cette tête, Ginette, dit ma voisine.
Ou alors, c'est que t'aimes pas l'eau?»

Ma voisine est très moche, couverte de taches de grossesse, presque chauve et tout à fait énorme. C'est son huitième enfant, elle adore ça, accoucher. Elle aime aussi les nourrissons. Ensuite, elle ne voit plus l'intérêt. Elle confie les mômes à leur destin, la crèche, l'école, l'université, et elle en refait un, un petit dernier, dit-elle. Celui-ci, c'est le petit dernier, pour mes vieux jours. Sa gaieté et son optimisme sont réconfortants. À ce détail près que je n'aime pas du tout que l'on m'appelle Ginette.

Nous sortons de la piscine et nous allons à la séance d'accouchement sans douleur. On ne dit plus comme ça, ce n'est plus à la mode. On dit juste préparation à la naissance, mais c'est pareil. Enveloppés dans leurs peignoirs bleus, les disciples – mot dépourvu de féminin – écoutent le maître, c'est essentiel pour bien accueillir l'enfant. Et le temps presse. C'est pour bientôt.

D'ici une ou deux semaines, vingt petites grenouilles nous auront rejointes dit la sage-femme en battant des mains. On sera vingt de plus, huhuhu.

Je n'aime pas du tout sa façon d'arrondir sa bouche, vingt de plus, quelle stupide idée.

Acte II

«Je sais que je n'y arriverai jamais, ai-je murmuré au docteur en pleine séance d'hypnose collective, en plein vaudou rationaliste.»

«Oum, kalsoum, soufflez, aspirez, gonflez le ventre.

– Ça c'est impossible, nous sommes toutes au maximum, ai-je ricané.

– Quel mauvais esprit, a soupiré le docteur, et n'allez pas croire que vous êtes originale, il y en a toujours une pour jouer votre rôle, que j'ose nommer le rôle de l'emmerdeuse. Les intellectuelles, quelle purge.

–Je sais que je n'y arriverai jamais et je mourrai, j'en suis sûre», ai-je dit devant tout le monde, et là, j'ai eu tort. Les autres ont continué leurs génuflexions enthousiastes, leurs respirations de petits chiens.

Moi, le docteur m'a convoquée.

Le docteur est un bel homme aux mèches blanches, ses immenses bras battent l'air, ses immenses yeux sont plissés sous ses immenses sourcils froncés, et, je le reconnais modestement, comme toutes ses autres patientes passées, présentes et à venir, je suis sensible à son charme, à ses grands gestes, à sa manière de me prendre par le bras quand je quitte son bureau. Comme lui, j'aimerais que tout se passe bien.

Tout.

Cette naissance, qu'il faut bien appeler accouchement. Jambes qui s'ouvrent, machinerie qui se déclenche, pièce de cinquante centimes, de deux euros, pièces géantes, roues de charrette,

Nous allons accoucher bientôt.

Moi surtout.

Et je ne vais pas y arriver. Je vais mourir. Mourir en couches, à l'ancienne.

Cette dernière déclaration le fâche énormément.

« Vous démoralisez les autres. Les nullipares de cette session sont dans un état psychologique invraisemblable. Et ce sont vos remarques idiotes et déplacées, vos réflexions irresponsables qui sont cause de ce désordre, de ce gâchis, oui, utilisons le mot qui convient. Je ne veux plus vous voir, ni à mon cours, ni à la piscine, ni nulle part,» dit-il sèchement.

Nulle part pour la nullipare, me dis-je *in petto*. Fini les sourires, je suis repérée, une terroriste de la naissance, qui ne veut pas faire preuve du minimum requis de bonne volonté.

À l'isolement, Simone.

Le docteur est en colère. Il postillonne, je n'en crois pas mes joues que j'essuie précipitamment.

«Ça suffit, crie-t-il. Personne ne meurt en couches, c'est quoi cette histoire ridicule? Tout le monde y arrive, même vous, vous verrez. C'est naturel. Vous comprenez. Naturel. Il crie. Des milliards de femmes ont, au cours des siècles, donné le jour à des milliards de bébés, qui à leur tour.

Quelle vision d'horreur…

Il continue à crier, pendant que j'hallucine des vagins ouverts, des matriochkas à l'envers, je l'entends au loin, pourquoi pas vous, quel est le problème?

«J'aimerais vous y voir», dis-je d'une toute petite voix.

Oui, je sais bien que tout cela est extrêmement naturel. Mourir aussi, dis-je. Exactement pareil. N'en faisons pas un fromage.

Ne dérangeons personne.

Je ne veux déranger personne, je vous le jure. Je voudrais juste que quelqu'un m'écoute, plutôt une femme, c'est vrai, qui me rassurerait, sans mots.

Qui ne me donnerait pas cette impression terrifiante de devoir sauter dans le vide et sans parachute, comme si c'était la chose la plus banale du monde.

Il faut que j'expulse les mots qui m'empoisonnent depuis des mois, des mots comme des caillots de sang noir, que je dois cracher.

Quand je dis accouchement, je ne vois rien devant, rien après. Un gouffre, le néant. Et toutes ces femmes qui gloussent, qui rebondissent sur le carrelage en camaïeu de bleu, toutes ces femmes tranquilles, apaisées d'avance, loin de me rassurer, me donnent un sentiment encore plus aigu de mon insuffisance.

Le docteur s'est un peu adouci.

Elles sont plus intelligentes que vous. Elles font confiance à la nature, à la médecine, elles savent que tout ira bien.

Justement.

Interlude pour D.

"Le travail commença, la lutte pour la liberté, d'abord les pattes, puis les épaules, puis les douces ailes gaufrées. On eût dit une possédée, tantôt en proie à une crise, tantôt rigide comme un cadavre. Juste à la fin, elle resta un long moment immobile, à se demander si elle oserait se rendre entièrement libre. Puis elle eut une violente secousse, et par une sorte d'arrachement, elle fut enfin hors du suaire.

Tu y es arrivée, dis-je dans une sorte de rire qui tenait du sanglot. Tu as gagné ta liberté."

Acte III

« Regardez, Madame, comme elle est jolie, elle…
- Elle… »

Acte IV

Comment rendre compte de cette étrange affaire? La vie a basculé. Un enfant, une petite fille est là où il n'y avait personne. La parturiente, l'accouchée, est censée savoir d'où elle vient, le mystère de la vie, elle en est le témoin et le sujet.

Sentiment d'imposture.

Vous les femmes, vous donnez la vie, on vous l'a bien assez répété, ce privilège inouï qui vous dispense de tous les autres, on vient d'en voir une manifestation de plus. Devant vous les hommes s'inclinent, reconnaissants et inquiets, ou bien jaloux.

Quelle rigolade…

La petite fille respire doucement, et puis elle crie, elle a faim, allongez-vous, allongez-la à côté de vous.

Cette année, c'est ainsi qu'on donne le sein.
Je n'y arrive pas.

Nous n'y arrivons pas, le bébé et moi.
Nous sommes ridicules.
Surtout moi.

L'infirmière crie. Elle m'engueule. C'est pourtant naturel de donner le sein!!! Vous êtes idiote, ou quoi? La nature, la-na-tu-re… elle répète ces syllabes en remplissant sa bouche de sa colère et de sa langue.

«C'est vrai, la nature et moi, nous connaissons très peu, dis-je à voix basse.

- Quand vous aurez fini de faire le pitre!»

Elle claque la porte, elle sort en claquant la porte.

Je regarde par la fenêtre, j'espère une aide qui ne vient pas. Je n'ose pas dire que je me sens si mal, allongée, avec un tout petit enfant plaqué contre moi et qui hurle de rage et de faim.

Seules, nous sommes si seules, l'enfant et moi.

À la fin, j'ose m'asseoir contre les coussins, la petite fille pleure dans le creux de mon bras, les images de vierge à l'enfant m'envahissent. Elle tète sans peine.

Acte V

(Vingt ans après.)

Les nuages filent dans le ciel ; deux ou trois boutons de roses, sur le balcon, tentent d'éclore. Le soleil baisse doucement, les rues sont vides comme elles le sont les dimanches d'été, et moi je sanglote, perdue, couchée en chien de fusil, sur un matelas de fortune.

Ma seule étoile est morte et mon luth constellé porte le soleil noir de la mélancolie.

Ou : les caisses en carton, les cartons vides de pêches et de cerises récupérés chez le marchand de fruits, viennent de débarrasser le plancher, notre plancher si longtemps partagé, l'enfant a quitté la maison.

Il y a vingt ans, c'était l'hiver et rien de tout ceci n'était imaginable.

On vous l'a dit pourtant que la vie était courte.

Paroles vaines, paroles inaudibles, paroles qui font rire, il n'y a pas tellement de quoi.

Elle a quitté la maison ce soir.

Pas de quoi fouetter un chat.

Pas de quoi passer un coup de fil, même, pour se plaindre.

Pas de quoi.

Le rien me guette.

On nomme la naissance : délivrance.

Celle-ci est la seconde naissance, la seconde délivrance, qu'il faut accepter et recevoir, exactement comme la première, nous sommes ici pour ouvrir le chemin : je t'en prie, ma libellule, envole-toi, déplie tes ailes bleues!

Il y a vingt ans, il faisait froid. Tu naissais d'un éclat de rire. À chaque jour a suffi sa peine, je sais que je n'y arriverai jamais, disais-je. Comment aurais-je su, si tu n'étais pas née. Je n'ai rien compris à ce qui s'est passé.

Mais ne crains rien, je serai toujours là pour toi.

Catherine Cusset

est née à Paris. Elle est partie aux États-Unis il y a une quinzaine d'années. Elle a longtemps enseigné la littérature française à l'université de Yale et vit aujourd'hui à New York avec son mari américain et sa fille de six ans. Elle a publié entre autres *Jouir* (Gallimard, 1997), *Le Problème avec Jane* (grand prix des lectrices de *Elle* 2000, Gallimard, 1999), *La Haine de la famille* (Gallimard, 2001), *Confessions d'une radine* (Gallimard, 2003), *Amours transversales* (Gallimard, 2004).

« Vous ne pourrez jamais
avoir de bébé, vous ! »

On m'avait dit de manger léger juste avant : il fallait avoir l'estomac vide pour pouvoir être anesthésiée en cas d'urgence. Le dimanche 22 août, alors que la date prévue pour l'accouchement était passée depuis cinq jours et que mon mari et moi vivions dans une sorte de non-temps, j'ai préparé un délicieux dîner : langouste au beurre fondu, pommes de terre en robe de chambre, mi-cuit chaud au chocolat avec glace à la vanille. Mon mari était allé raccompagner une amie à pied, peu avant minuit, quand l'explosion a eu lieu. Une inondation. J'ai poussé un cri de peur et d'excitation, si aigu qu'il l'a entendu dans la rue, à cinq cents mètres de là. Effrayée que le liquide se répande sur la moquette crème de l'appartement que nous sous-louions à une célibataire de cinquante ans soucieuse de ses meubles, j'ai couru dans la salle de bains en serrant les jambes. Le contenu d'une piscine s'est déversé sur le carrelage. Cinq minutes après, mon mari est remonté.

« J'ai des contractions ! ai-je crié. Je le sens ! »

Il est allé chercher le réveil et a commencé à compter, comme nous l'avions appris aux cours Lamaze. En une demi-heure, treize contractions. Rien avant, et maintenant toutes les deux ou trois minutes ! C'était si rapide, si fort ! Il a appelé l'hôpital.

« Venez quand votre femme ne pourra plus tenir, lui a dit la sage-femme de garde. Il n'y a aucune chambre de libre pour l'instant, vous serez mieux chez vous. Pour un premier bébé, de toute façon, ça prend du temps. »

Je lui ai suggéré d'aller dormir afin de préserver ses forces. Il s'est allongé sur le canapé du salon, et moi dans la chambre, avec un Walkman et une cassette de relaxation que m'avait prêtée une amie

Nous étions rentrés deux mois plus tôt de Prague, où mon mari travaillait depuis quatre ans comme rédacteur en chef d'un journal en anglais. Nous n'avions pas voulu que le bébé naisse à Prague :

qu'aurions-nous fait en cas de problème dans un pays dont nous bredouillions seulement la langue ? Même si le taux de mortalité infantile en République tchèque était faible, certains usages locaux nous avaient inquiétés. Quand, enceinte de six mois, j'avais dû me rendre à Paris et demandé à mon gynécologue tchèque si le voyage en avion ne risquait pas de provoquer un accouchement prématuré, il m'avait rassurée tout en me conseillant, pour me détendre, de boire un petit whisky pendant le vol. L'Américaine que j'étais devenue avait haussé les sourcils à cette suggestion. Un jour où il m'avait convoquée à l'hôpital au lieu de son cabinet pour une échographie, je m'étais retrouvée à l'étage de la maternité parmi les accouchées de la veille et les nouveau-nés d'un jour qui reposaient sur des coussins dans des Caddie de supermarché, dont, enrhumée, j'avais dû me détourner pour éternuer. Nous n'étions prêts à courir aucun risque : nous avions eu trop de mal à concevoir ce bébé. Nous l'avions désiré pendant plus de quatre ans. J'avais commencé à envisager la possibilité de ne pas réussir à avoir un enfant quand je m'étais retrouvée miraculeusement enceinte.

Deux mois plus tôt, donc, quand ma grossesse avait atteint le huitième mois, mon mari avait démissionné de son poste et nous étions rentrés aux États-Unis : à New Haven où se trouvait mon assurance médicale. Il y faisait une chaleur à crever ce mois d'août : 35, 38, 40 degrés. La sueur coulait sur nos tempes sans que nous bougions. Je ne bougeais guère d'ailleurs, sauf pour la visite hebdomadaire au centre médical. Par mon assurance – la plus simple et la moins chère –, je n'avais pas droit à un médecin individuel mais à une équipe composée de quatre obstétriciens et d'une sage-femme qui assuraient tour à tour des gardes à l'hôpital. Nous nous étions inscrits aux séances Lamaze de l'accouchement sans douleur. Je savais déjà que j'aurais mal. J'avais toujours eu des règles doulou-reuses. L'esthéticienne qui m'épilait à la cire chaude quand j'avais quinze ans m'avait dit : « Vous ne pour-rez jamais avoir de bébé, vous ! »

Nous avions eu droit à une visite de la maternité. Tandis que notre groupe de femmes enceintes de huit mois et demi, accompagnées d'amies ou d'époux, ins-pectait les chambres aussi modernes et confortables que des chambres d'hôtel, avec leurs larges fenêtres donnant sur le ciel et la ville de New Haven qui avait l'air presque jolie vue du huitième étage, un cri avait retenti, s'échappant d'une chambre proche. Un râle affreux qui avait résonné au fond de mes entrailles – celui d'une femme qu'on égorge. Nous nous étions toutes regardées. « Ça alors ! s'était exclamée notre accompagnatrice. Ça n'arrive jamais ! Je n'ai pas entendu un cri pareil en vingt ans ! » Mon mari avait posé la main sur mon épaule. J'avais été la seule à éclater en sanglots.

Péridurale. A l'époque un débat faisait rage. En première page du New York Times avait paru un article rapportant les propos d'une sage-femme qui exaltait la naissance naturelle, si pure et si belle : la souffrance en faisait partie. L'article ajoutait ce que la sage-femme ne disait pas : la péridurale coûtait cher et les assurances ne voyaient pas l'intérêt de débourser cet argent. « Il n'y a pas de bébé que la douleur de sa mère ait empêché de naître », m'avait sèchement répondu l'obstétricienne de Yale à qui j'avais exprimé mon appréhension, elle-même une jeune femme mince mère de quatre enfants. À New Haven, on encourageait les parturientes à employer une doula (terme venant du grec signifiant esclave), payée par elles, qui les aiderait pendant leur labeur et leur enseignerait comment rendre la douleur supportable. Naissance naturelle avec une doula : c'était la méthode pratiquée par les jeunes femmes branchées qui achetaient leurs fruits et légumes dans les magasins bio. J'avais été une des rares à répondre : « Ah, non merci. Pour moi ce sera la péridurale. » J'avais fait venir une doula chez moi, pensant que j'aurais peut-être besoin de ses services juste après la naissance, quand je rentrerais à la maison avec cet objet encore non identifié, ce mystère absolu, cet inconnu de deux jours dont je ne saurais pas m'occuper – l'assurance médicale, aux États-Unis, ne vous autorisant pas à rester à l'hôpital plus de quarante-huit heures après la naissance. Mais quand j'avais demandé à cette femme ce que je devais faire du gant de toilette après avoir changé le bébé (le jeter à la poubelle, le laver en machine, le désinfecter avec un produit spécial, le mettre dans l'eau bouillante ? Pouvais-je tuer mon bébé en lui lavant les fesses ?), elle m'avait regardée d'un air si bovin, ne comprenant pas ma question ni mon inquiétude, que j'avais renoncé à ses services ; sa présence m'irriterait au lieu de me détendre.

La date de l'accouchement était arrivée. Toutes les femmes enceintes que je croisais à l'hôpital avaient eu des contractions, sauf moi. Je ne savais même pas ce que c'était. J'avais un ventre énorme. Le bébé ne semblait pas pressé de naître. Tant mieux. Plus se rapprochait l'inévitable accouchement, plus ma peur croissait. Comment sortirait-il, si gros, par un si petit trou ? Ce devait être possible puisque toutes les femmes, par les siècles des siècles… Mais ce cri…

Après la perte des eaux j'ai tenu cinq heures, allongée sur le lit. La douleur était déjà trop forte pour lire. J'écoutais la cassette de relaxation, la retournant toutes les demi-heures et me concentrant sur la musique douce et la voix sirupeuse qui parlait de mer et d'étoiles. Chaque fois qu'arrivait la contraction – une vague qui roulait au fond de moi et que je ne sentais pas dans mon ventre, mais tout au bas de mon dos, comme la douleur des règles – j'aspirais profondément, j'expirais lentement et la laissais passer. C'était un vrai travail. Très fatigant. Les contractions s'accéléraient : toutes les deux minutes ou moins. J'avais de plus en plus mal en ce point, au bas du dos, où se concentrait l'attaque de la contraction, comme s'il y avait eu en moi une muraille l'empêchant de passer. Le moment est arrivé où j'ai dû faire un effort pour respirer profondément et me détendre. Je ne parvenais plus à retenir un gémissement au passage de la contraction. Ma peur accroissait-elle la douleur ? Plus tard, une femme qui avait eu un très long accouchement et trouvé la souffrance tolérable me dirait qu'elle s'était représenté le mouvement de cet énorme muscle, l'utérus, poussant et tirant pour aider à la naissance du bébé. La conscience que son propre corps était son allié, accomplissant pour elle des tâches utiles, avait diminué l'impression de douleur. Etait-ce une simple question de représentation mentale, d'acceptation ou de résistance, ou existait-il des degrés réels de douleur ? Je ne le saurais pas.

J'ai appelé mon mari. Il s'est réveillé aussitôt. Sortir de la maison, descendre les trois étages, marcher jusqu'à la voiture, m'y installer, a pris une éternité. Quand la bourrasque traversait mon ventre, la douleur était telle que je devais m'asseoir sur l'escalier. Le temps de reprendre mon souffle et de me relever, une nouvelle vague arrivait : j'avais à peine descendu six marches. Nous commencions à craindre que le bébé n'attende pas que nous soyions parvenus à l'hôpital. C'était arrivé à ma gynécologue pour son deuxième enfant. Elle était restée le plus longtemps possible chez elle comme on le conseillait, avait pris un bain chaud pour se détendre, et avait soudain senti qu'elle était tout ouverte : la tête sortait. Allongée par terre dans la salle de bains, se retenant de crier pour ne pas affoler son bébé de deux ans qui tournait autour d'elle en pleurant « Mommy ! », elle avait dicté à son mari chacun des gestes. Mais elle était docteur. Je n'avais aucune idée de ce que mon mari devrait faire. Il fallait se dépêcher. Je ne parvenais pas à aller plus vite. Une contraction m'a obligée à m'asseoir sur le trottoir. Je n'avais plus la force de bouger. Mon mari m'a aidée à me relever. Enfin je suis montée dans la voiture. C'était une très vieille voiture d'occasion (quatre cent cinquante mille kilomètres au compteur), que nous avions achetée en arrivant à New Haven, parce qu'il était presque impossible de trouver un taxi au milieu de la nuit, surtout pour une femme sur le point d'accoucher. Nous avons roulé jusqu'à l'hôpital dans les rues désertes. Il faisait encore nuit. À l'arrivée, des infirmières m'ont installée dans une chaise roulante, et un voiturier a récupéré les clefs de la voiture pour aller la garer ; c'était un service offert aux maris de femmes en train d'accoucher.

La sage-femme avait commencé sa garde le vendredi soir et la terminerait dans deux heures. Il était maintenant 5 heures du matin, lundi. Elle avait l'air épuisée. Elle m'a examinée rapidement. J'avais si mal que je ne souhaitais qu'une chose : la péridurale. Je craignais d'être déjà trop dilatée : on ne pouvait plus faire de péridurale quand l'accouchement était trop avancé, l'anesthésie risquant de ralentir la poussée. Je le savais par une amie qui n'avait pas voulu de péridurale pour son deuxième enfant et qui avait tant souffert qu'elle avait fini par supplier qu'on l'anesthésie : trop tard. Elle avait dû subir encore trois heures d'atroces douleurs. Aurais-je dû venir plus tôt ? Ma sœur avait eu chacun de ses cinq enfants en moins de quatre heures – et presque sans douleur. Mon travail avait commencé déjà cinq heures plus tôt.

« Vous êtes dilatée à deux, a dit la sage-femme d'un air las.

– À deux ! »

La dilatation se mesurait sur une échelle de un à dix : deux, c'était le tout début.

« Oh non ! J'ai trop mal ! Je veux la péridurale ! - On ne la fait pas avant cinq ou six. Bougez, allez vous promener dans les couloirs avec votre mari : ça aide. »

J'ai fondu en larmes.

« J'ai des contractions tout le temps : je ne peux rien faire tellement j'ai mal ! Je ne peux pas bouger, je ne peux même pas rester assise ! Je vous en supplie ! - Il faut attendre. Ecoutez de la musique. Je vais aller prendre un petit déjeuner et je reviendrai vous voir. »

Je n'avais pas la force de discuter davantage. De toute façon l'évidence scientifique parlait contre moi. J'ai senti un immense découragement.

La salle de bains : c'était le seul refuge. En cas de règles douloureuses, j'enroulais des écharpes en laine autour de mon ventre : la chaleur aidait. J'ai mis dix minutes à franchir, avec l'aide de mon mari, les cinq pas me séparant de la petite salle de douche et à me déshabiller. Je me suis installée sur un tabouret d'hôpital en plastique. Mon mari s'est assis sur le siège des toilettes : il n'y avait pas d'autre place. J'ai pris le pommeau de la douche et j'ai ouvert le robinet d'eau chaude. Heureusement, elle était bouillante. Dès qu'arrivait la vague précédant la contraction, je dirigeais le pommeau dans le bas de mon dos, là où la douleur me saisissait et me coupait le souffle. Pendant que l'eau ébouillantait ma peau et que la chaleur atténuait un tout petit peu la violence de l'attaque, j'essayais de ralentir ma respiration. J'ai répété ce même geste, machinalement, toutes les minutes, à l'infini. Vaincu par la fatigue et la chaleur étouffante, mon mari avait fini par s'endormir, la tête appuyée contre les carreaux. L'étroit local était devenu une étuve. La vapeur, si épaisse que je distinguais à peine son visage rouge et luisant, se condensait sur le carrelage où elle ruisselait en minces filets. Quand il sortirait de là, plus tard, il aurait les habits trempés. J'avais perdu le sens du temps. Une infirmière entrait parfois pour prendre ma tension. Quand elle ouvrait la porte, le léger courant d'air m'arrachait une plainte. Elle me prenait le bras, attachait la bande, comptait, puis repartait, ruinant sans s'en rendre compte, par ce léger froid qu'elle laissait pénétrer dans mon bain de vapeur, mes efforts pour apprivoiser la douleur. Je n'arrivais plus à bouger le bras et laissais le pommeau appuyé contre le bas de mon dos. Je ne sentais même plus l'eau bouillante. La douleur ne faisait que s'aiguiser. Mes forces me quittaient : j'allais perdre la bataille. Bientôt je ne parviendrais plus à me détendre pour laisser passer la vague de la contraction. Je résisterais : ce serait terrible. Je me mettrais à hurler comme la femme égorgée – si j'en avais encore la force. Quand l'infirmière est entrée pour la énième fois suivie de son courant d'air assassin, je n'ai même pas pu lever la tête. J'ai entendu sa voix, d'une douceur irréelle :

« Would you like an Epidural ?»

J'ai répondu dans un souffle, à voix basse : « Please… »

Mon mari, que le bruit des voix avait tiré de son sommeil, m'a aidée à sortir de la salle de douche. Pendant l'heure qui a précédé la péridurale – il fallait m'examiner, convoquer le médecin et l'anesthésiste, tout mettre en place, injecter – j'ai aboyé un ordre

dès qu'arrivait la vague précédant la contraction :
« Talk ! »

« Parle ! » Ce qui voulait dire : « Dis-moi relax !
Dis-moi Breathe ! Redis-le à chaque minute, comme
tu l'as appris aux cours Lamaze ! Donne-moi les or-
dres ! Je n'y arrive pas, si tu ne me le dis pas ! »

Il y avait de la haine dans ce «talk !» Je le haïssais
d'être à côté de moi et de ne même pas deviner qu'il
devait jouer son rôle de coach à chaque instant sans
que je ne lui dise rien. La douleur qui m'inspirait cette
haine m'empêchait de l'exprimer autrement que par
ce «talk !», dont il n'entendait sans doute pas la rage
venimeuse.

Moi qui ai toujours eu peur des piqûres, je n'ai pas
senti les aiguilles s'enfoncer dans mon bras et mon
dos. On aurait pu m'arracher le bras, j'aurais dit
merci, pourvu que cesse la douleur. Il y avait tous ces
gens autour de moi, l'anesthésiste, les infirmiers, mon
mari. Je ne voyais rien. Soudain la douleur a diminué
puis s'est mise à reculer à toute allure comme un film
qu'on rebobine. Elle était là, par derrière, mais muse-
lée et tenue en laisse. Sous contrôle. J'ai eu envie de

crier de joie, de chanter. « Péridurale, périduraaaale ! »
Je me suis dit qu'il y avait un dieu de la péridurale
quelque part, et que je lui allumerais des cierges dans
une église. J'ai maudit les imbéciles prêchant le retour
à la douleur naturelle.

Il était 2 heures de l'après-midi. J'avais passé huit
heures enfermée dans la salle de douches à diriger le
pommeau d'eau bouillante au bas de mon dos. Mon
accouchement avait commencé quatorze heures plus
tôt.

Il est en deux temps, cet accouchement : avant la
péridurale et après. Après, il y en eut encore pour plus
de neuf heures, mais le récit en sera moins long. Neuf
heures monotones où j'ai pu rêvasser parce que je
n'avais plus mal. Neuf heures à me demander si ce
bébé sortirait un jour. Neuf heures pendant lesquelles
j'ai déliré un peu, car la perte des eaux dix-sept heures
plus tôt avait déclenché une infection provoquant une
forte fièvre. J'avais soif. On ne pouvait pas me donner à boire : il fallait que j'aie l'estomac vide si l'on
devait m'anesthésier d'urgence pour une césarienne.
Une infirmière ou mon mari glissait parfois entre
mes lèvres un tout petit glaçon, que je suçais avec

avidité. Grâce à la fièvre qui me rendait par moments inconsciente, je n'ai pas assisté au moment de panique que mon mari a vécu, quand les battements de cœur du bébé se sont arrêtés, que l'infirmière, en entrant dans la chambre, a aussitôt bipé le docteur, qui s'est révélé introuvable : il était allé manger ou boire un café. Les infirmières et l'anesthésiste ont rempli la chambre, affolés, prêts à m'emmener en salle d'op pour la césarienne. Puis le médecin a débarqué. Il a fait un test en ponctionnant, à l'intérieur de moi, la tête du bébé : tout était normal. Il a pratiqué deux fois ce test, m'évitant la césarienne que j'aurais sans doute eue dans un autre hôpital. J'ai suivi tout ça de loin, indifférente. Le docteur était turc. Il remplaçait un médecin absent de l'équipe de mon centre médical : je ne l'avais jamais vu. Quand il s'était présenté à nous, quelques heures plus tôt, il m'avait tout de suite inspiré confiance. Il nous avait demandé quels prénoms nous avions choisis. Pour le garçon, nous hésitions encore : Constantin sans doute. Il nous avait dit qu'il venait d'Istanbul – Byzance, Constantinople, la ville de Constantin.

Dans mon délire, je me suis dédoublée et me suis mise à écrire rétrospectivement le récit de mon accouchement, sous forme de lettre à une amie. Il se déroulait dans ma tête à l'imparfait, comme ce texte, avec tous les détails que je donne ici. Je voyais le secrétaire ancien sur lequel reposait la feuille, face à une fenêtre ouvrant sur la campagne, et le mouvement de ma plume glissant sur le papier. J'ai soudain pris conscience que je ne pouvais pas achever ma lettre, car j'étais encore allongée sur le lit d'hôpital, j'avais encore un ventre énorme, la chose était toujours à l'intérieur : le cauchemar n'était pas fini.

Il y a eu le moment excitant, vers 8 heures du soir, où le docteur a dit que le bébé était prêt à sortir, que maintenant il fallait pousser. Il m'a expliqué comment. J'ai écouté, studieuse. Même avec la péridurale, je sentais arriver les contractions, sans qu'elles fassent mal : attentive, je me mettais aussitôt à pousser de toutes mes forces, comme j'aurais poussé un étron. Je savais qu'il arrivait aux femmes de déféquer pendant l'accouchement, et que ce n'était pas dégoûtant. « Good Job ! » s'exclamait le docteur. Il m'encourageait comme une enfant. Je voulais lui faire plaisir.

Mais ça n'en finissait pas. Il était 8 heures, puis 9 heures, puis 10 heures, puis 10 heures et demie, puis 11 heures… Bientôt il serait minuit, et j'accoucherais depuis vingt-quatre heures. Il serait minuit, et le bébé ne serait pas un lion, mais une vierge comme mon père.

« Il ne sortira jamais !

— Je vois sa tête, a dit l'encourageant docteur. En cas d'urgence, je peux le sortir en moins de deux minutes. Allez. Il n'y en a plus pour longtemps.

— Je vais avoir une épisiotomie ? ai-je demandé avec inquiétude.

— Une toute petite.

— Oh non ! »

Je me suis mise à pleurer.

« Vous ne sentirez rien, je vous promets. Si je ne fais pas d'épisiotomie, il risque d'y avoir une déchirure plus compliquée à recoudre, et pas jolie. »

J'ai recommencé à pousser. Dix minutes après, il y a eu cette douleur folle, pas profonde comme celle des contractions mais fulgurante comme un coup de poignard. Plus tard je comprendrais qu'elle correspondait au passage de la tête : notre bébé avait hérité de son père une énorme tête. Sur le moment je n'ai rien compris. Tout s'est passé très vite. J'ai refermé mes jambes de toutes mes forces sur cette douleur, sans m'en rendre compte et sans entendre le docteur qui hurlait : « Ouvrez ! » Je n'ai pas vu mon mari et l'infirmière qui, de chaque côté, appuyait chacun sur une de mes cuisses pour me contraindre à les ouvrir. Après la douleur fulgurante, il y a eu quelque chose qui a glissé hors de moi comme un spaghetti. J'ai deviné que c'était le corps.

« Alors ? » ai-je demandé faiblement en regardant mon mari.

Fille ou garçon ? Nous attendions de le savoir depuis neuf mois, cinq jours et vingt-trois heures et demie.

« It's a Baby ! » m'a-t-il dit d'un ton doux.

J'ai compris que c'était une fille, et qu'il pensait que je voulais un garçon. On me l'a montrée. Elle était longue. Elle avait des traits fins. J'ai souri.

« Elle est jolie. »

On l'a emmenée tout de suite aux urgences pédiatriques, à cause de l'infection que j'avais contractée quelques heures plus tôt. On ne l'a pas posée sur mon ventre. J'ai vomi. Le docteur m'a recousue. Un peu plus tard, on m'a conduite en chaise roulante dans la salle de réanimation. J'avais un seau sur les genoux pour vomir. Elle était allongée dans son berceau de verre, avec des fils et des tubes accrochés à son maigre petit corps, enveloppée dans un lange d'hôpital bordé de raies bleues et vertes, avec, près de sa tête coiffée d'un bonnet rose, un petit mouton en peluche blanche, cadeau de l'hôpital. Je n'avais aucun sentiment, et pas spécialement envie de la voir. J'étais juste fatiguée.

Il était 2 heures du matin quand je me suis retrouvée dans un lit. A 5 heures, une infirmière me l'a amenée pour que je l'allaite. J'ai regardé avec terreur le petit paquet vagissant.

« S'il vous plaît, pas tout de suite !
- Vous voulez qu'on lui donne un biberon d'eau sucrée et qu'on vous la ramène tout à l'heure ?
- Oh oui. J'ai trop peur. »

Mon mari était allé dormir quelques heures. Il est revenu à 8 heures du matin. C'est lui, le premier, qui a tenu notre fille dans ses bras.

On dit que la douleur s'oublie : surtout celle de l'enfantement, qui produit un si beau résultat. Quand on me disait cela, dans les semaines précédant l'accouchement, j'entendais le mot « douleur ». Dès le lendemain de la naissance de Claire, contemplant l'être minuscule à qui j'essayais d'ouvrir la bouche pour y glisser mon sein, j'ai su que je voulais un deuxième enfant.

Michèle Fitoussi

Est née en 1954 à Tunis. Elle est la mère d'une fille de vingt-deux ans et d'un garçon de vingt ans. Éditorialiste au magazine *Elle*, elle est également romancière et essayiste. Elle a publié notamment *Le Ras le bol des super women* (Calmann-Lévy, 1987), *Lettre à mon fils* (Calmann Lévy, 1990), *50 Centimètres de tissu propre et sec* (Grasset, 1995), *La Prisonnière*, avec Malika Oufkir (Grasset, 1999), et *Le Dernier qui part ferme la maison* (Grasset, 2004).

Le Cordon

Je suis assise sur cette chaise déglinguée, au milieu de la pièce vide. Je joue avec une ficelle bleue que j'enroule autour de mes doigts, un ruban de paquet cadeau qui occupe mes mains désœuvrées. La porte vient de claquer. Ils s'y sont mis à plusieurs, mon fils et ses amis de toujours, la petite bande inséparable depuis le cours préparatoire. Le beau Sam au regard étoilé, Lucas et sa mèche rousse qu'il écarte de son front en secouant la tête, comme s'il chassait une mouche, Balthazar et Idriss. En une matinée, tout était emballé. Lucas me fait penser à l'acteur qui joue Ron dans les films de « Harry Potter ». Il a passé son permis de conduire bien avant les autres, juste après le bac. C'est lui qui a pris le volant. Ils se sont tassés tant bien que mal à l'arrière de la camionnette qui emporte le lit et le bureau d'étudiant, les vêtements fourrés en vrac dans des sacs-poubelles, l'ordinateur portable, quelques caisses de bouquins, un kilim et une commode ancienne en pin reçue en cadeau de naissance. Elle sera le témoin du jeune passé de mon fils dans cette nouvelle vie – 30 m² sur cour rue Oberkampf – qui commence.

Je tire sur la ficelle bleue, j'y mets toute mon énergie, elle s'effiloche mais ne casse pas. Couper le cordon, me dis-je finement, puis je décide, une fois de plus, de cesser de chercher des symboles partout. Sur une latte du parquet, de grosses taches d'encre noire dessinent un papillon aux ailes démesurées, prêt à prendre son envol. Des objets disparates s'amoncellent en petit tas sur le sol, des trombones, des bouts de papier couverts d'une écriture désordonnée, des cartouches usagées, un feutre à demi rongé, un paquet de papier à rouler, un ticket de Carte orange, un CD cassé, trois Photomatons noir et blanc de Lucas et de mon fils, hilares et grimaçants comme deux trolls.

Assise sur cette chaise, avec pour seule compagnie cette ficelle sur laquelle je m'obstine à tirer comme si je ne savais plus quoi faire d'autre, je me sens pareille à une grand-mère grecque, installée sur le seuil de sa maison peinte à la chaux, un komboloï à la main.

Entre ses doigts noueux, les perles défilent prestement comme ont défilé les années pour elle. Moi, il me semble que c'était hier. Je ne parviens pas à fixer les images. Elles sont floues : des mèches de cheveux blonds, des bras potelés qui se tendent, menottes candides, sourires éperdus de confiance, genoux dodus, petits pas hésitants, premiers chagrins, puis l'adolescence, les grincements de dents, les portes qui claquent, les fous rires et ma fierté, immense. Un tourbillon. Après la naissance de ma fille, alors que je me désolais d'être encore si grosse, le médecin s'est voulu rassurant : «Il faut neuf mois pour faire un bébé, neuf mois pour s'en défaire.» Il aura fallu plus de vingt ans pour aider mes enfants à se construire, en leur prodiguant sans compter la tendresse et le miel. Combien d'années pour s'en détacher? Les accoucheurs ne disent pas ces choses.

Je leur ai donné la vie, mais tous les deux m'ont mise au monde. Ils m'ont rendue mère. Sacré travail, rude naissance. Et jamais de délivrance. Je suis pleine de cet amour qui croît depuis le premier jour et sans cesse anxieuse à l'idée de le perdre. Une poulette caquetante et tourmentée, voilà ce que je suis devenue malgré moi. «Cot cot cot, où êtes-vous, que faites-vous?» Je voudrais les garder blottis sous mon aile pour les protéger de tout. Les enfermer pour ne plus trembler, comme dans *L'Arrache-Cœur* de Boris Vian, que j'ai compris bien après l'avoir lu. Les garder au chaud dans le liquide amniotique. Qui dira la folie des mères? Mais non, ce n'est pas mon souhait. Je les ai voulus, je les veux toujours, libres et heureux, parés pour la grande aventure. Expulsés joyeusement du cocon. Je vous en prie, sortez, sortez.

Ma fille est née à 4 heures et demie de l'après-midi, au milieu du mois de février. Je me souviens de la douceur, j'ai vite effacé la douleur. Un rayon de soleil passait à travers les vitres de la salle de travail peinte en rose. Quelqu'un a mis de la musique. J'ai poussé tant que j'ai pu, je n'en pouvais plus d'attendre. J'avais hâte de la rencontrer après toutes ces semaines de conversation muette. Pour elle, j'ai appris la patience. Allongée sur mon lit par ordre du médecin, je l'imaginais brune et mate, la peau veloutée comme un brugnon. Il y a eu ce visage rose et étonné, ces cheveux d'un blond presque blanc, puis ces fossettes et ces prunelles bleues qui scrutaient le monde.

Elle ne ressemblait pas à mes rêves ; je la connaissais depuis toujours. Je l'ai tenue sur mon ventre en tremblant avant qu'on ne la reprenne pour les examens d'usage. La sage-femme l'a ramenée et l'a blottie entre mes bras. Nous sommes restés tous les trois, elle, son père et moi. Seuls au monde. Le bonheur avait la forme de son visage aux traits parfaits, de ses minuscules oreilles, de ses doigts de poupée aux ongles délicatement formés. Nous n'osions pas parler. Nous écoutions son souffle. Elle respirait.

J'ai beau tirer dessus, la ficelle bleue est coriace. Il faudrait des ciseaux. Partout dans le monde, on trouve cette curieuse tradition d'enterrer le cordon ombilical sous un arbre. Aux Philippines, une coutume exige qu'on le sèche et qu'on le pende à une porte ou à une fenêtre pour mettre l'enfant à l'abri des accidents et des dangers. Certaines nuits d'insomnie où je guettais leurs pas sur le palier, j'ai regretté de ne pas l'avoir fait. La sonnerie de mon portable résonne étrangement dans cette pièce sans meubles. Encore un cordon qui me relie à mes enfants d'un bout à l'autre de la Terre. Comment faisait-on avant ? Dès que l'un ou l'autre de leurs prénoms s'affiche sur l'écran, je sens mon visage s'éclairer. J'oublie qui je suis et ce que je suis. Je deviens sur-le-champ La Mère, issue d'une lignée d'esclaves maternelles, consentantes et heureuses dans la servilité. Que puis-je faire pour vous ? Qu'attendez-vous de moi ? Je suis le bon génie de la lampe, toujours en alerte, qui règle les problèmes et dispense conseils et attentions jusqu'à provoquer leur agacement et parfois ma colère d'être ainsi exploitée, même si j'en redemande.

À l'autre bout du fil, mon fils me réclame le code d'entrée de son immeuble : il l'a noté sur un bout de papier qu'il a oublié sur la table de la salle à manger ou peut-être ailleurs, il ne se souvient plus. Je le sens qui s'impatiente pendant que je cherche. Nous passons notre temps à nous chamailler et à nous réconcilier comme un vieux couple. Il était temps qu'il s'en aille. Et je sais déjà qu'il va me manquer.

Ces temps-ci, je me surprends à regarder les mères dans les jardins publics, à envier la sûreté de leurs gestes routiniers, leur vocabulaire bêtifiant et jusqu'à leurs énervements. J'aimerais moi aussi apporter un goûter, aider aux pâtés, consoler un petit qui tombe. J'oublie que je détestais les squares. Il y a de cela quelques années, je me suis réveillée en sueur au milieu de la nuit. Leur enfance s'en allait trop vite. Pourquoi, me suis-je demandé, moi qui n'ai jamais de regrets, est-il impossible de revenir en arrière? Sentir leurs petits corps chauds contre moi, respirer leur peau qui sentait le biscuit et la vanille. J'ai passé en revue nos jeux favoris. Longtemps, j'ai aidé mon fils à se préparer pour l'école. Maman, disait-il en feignant l'indignation, j'aurai bientôt quatre-vingt-dix ans, et tu m'habilles encore… J'arrêterai quand tu auras cent ans, lui répondais-je avec sérieux et il roulait de gros yeux faussement indignés, ravi de notre rituel. Maman, me dit-il aujourd'hui, je mesure 1,80 m et tu t'inquiètes encore pour moi quand je rentre le soir, alors que c'est moi qui devrais me soucier de toi : de nous deux, tu es la plus petite.

Ces cent quatre-vingts centimètres là, je les revendique avec orgueil. Je l'ai aidé à les atteindre depuis qu'il est entré dans ma vie, tel un petit boxeur prêt à en découdre. Les forceps avaient bosselé son visage comme après un combat sur le ring. Là encore, j'ai oublié la souffrance, les seins douloureux, le ventre gonflé, les nuits blanches. C'est le seul avantage du temps qui file, je ne retiens que le meilleur. «Ne pleure pas, petit frère, lui a glissé sa sœur quand il est revenu de la maternité, tu verras MA maman est très gentille.» Après quelques grognements, elle a consenti à se pousser un peu pour lui faire de la place. Il lui a pourtant fallu bien des années pour accepter le partage. Elle a tout fait en pionnière, premiers mots et premiers pas, première dent sous l'oreiller, premier diplôme de cent mètres à la brasse, première à réviser le bac. C'est encore elle qui a quitté la maison la première. J'ai transformé sa chambre en petit salon. Après de longues hésitations, j'ai choisi deux nuances de rose. Des couleurs de nursery, m'a fait remarquer le peintre. Mais je n'ai rien voulu changer.

Elle ne m'a pas manqué tout de suite. J'étais heureuse de la voir se débrouiller toute seule. Quelques jours après qu'elle a emménagé avec ses deux colocataires, je suis allée la voir chez elle. Je me suis assise tout au bord d'un canapé recouvert d'un tissu indien, mon sac posé sur mes genoux, un peu intimidée dans ce nouveau rôle de mère en visite. Elle m'a offert à boire. Je me suis revue à son âge, comme si ces vingt ans ne s'étaient jamais écoulés. J'allais me réveiller, redevenir celle que j'étais. Mais non, c'était ainsi désormais.

J'ai trouvé le papier où le code avait été griffonné à la hâte. Il était posé sur la table de la cuisine. Mon fils m'a remerciée, puis il a raccroché, pressé d'être enfin chez lui. Je suis revenue m'asseoir sur ma chaise. J'ai pensé à ce que je n'allais plus faire. Remplir le frigo, préparer le repas, guetter son retour à l'aube, râler sur le désordre de sa chambre, lui demander dix fois de baisser le son de la télé, discuter de tout et de rien. Je vais devoir m'habituer à mon indépendance toute neuve, comme si je changeais de peau. Je les inviterai à dîner, ensemble ou à tour de rôle, ce sont eux qui viendront en visite. Une autre sonnerie annonce un texto de mon fils. Son message dit sobrement : « Enfin libre. » Une vieille plaisanterie familiale. À cinq ans, sa sœur qui partait en classe de nature, s'est retournée pour nous asséner ces deux mots définitifs avant de dévaler tranquillement l'escalier. Je n'ose pas lui répondre : « Moi aussi. » Je les imagine tous, Lucas et le beau Sam, Balthazar et Idriss, assis par terre au milieu des caisses. Ils boivent des canettes de Ice Tea et ils rient, comme dans une pub télévisée pour un prêt étudiant ou une marque de bière.

Je soupire et puis je souris. Je vais peut-être transformer sa chambre en bureau, en évitant les coloris layette. Avant de sortir de la pièce, je pose délicatement sur le tas à jeter, les deux bouts de ficelle bleue que, avec quelques efforts, j'ai réussi à rompre.

René Frydman

Est chef de service à la maternité de l'hôpital Antoine-Béclère et le père scientifique d'Amandine, le premier bébé éprouvette en France. Il a publié de nombreux ouvrages, notamment *Attendre bébé* (Hachette, 1997), *Dieu, la médecine et l'embryon* (Odile Jacob, 1997), *Lettre à une mère* (L'Iconoclaste, 2003) et *Devenir père* (Hachette pratique, 2004). Homme de culture autant que médecin, il est à l'initiative d'une grande exposition consacrée à la naissance, au musée de l'Homme à Paris (fin 2005).

Postface

Naissance, disent-elles. Renaissance, connaissance, reconnaissance. Autant de naissances dont la multiplicité suggère la complexité, où l'inimaginable rencontre l'universel, où l'histoire singulière renoue avec l'histoire ancienne. Mystère, fragilité, oubli, incompréhension, racontent-elles encore.
Et aussi violence, solitude, délivrance et sérénité…

Je mentirais si j'affirmais avoir été surpris par les mots de ces romancières : comme dans les paroles des futures mères que je rencontre depuis trente ans, j'ai entendu, parfois entre les lignes, l'intime, l'unique, l'impudique, l'inénarrable. J'ai reconnu l'expérience personnelle et enfouie de chacune, le film qui ne désire que se tourner et se dérouler à nouveau, qui tente de saisir ce qui par essence est insaisissable, qui espère attraper ce qui échappe toujours, la naissance.

Car vous n'arrivez jamais à dire quand c'est, la naissance. Vous n'y êtes jamais. Nous n'y sommes jamais, femme ou homme, mère ou père, obstétricien ou sage-femme : elle n'est jamais là. Ou plutôt nous y sommes, mais elle, pas encore, ou elle est déjà passée. Elle n'a duré que quelques secondes d'un temps réel et instantané – on ne voyait rien, on a vu ; c'était dedans, c'est dehors. Elle est entre l'avant et l'après, passage éclair. Moment décisif, entre passé et avenir. Instant fragile, jamais gagné, toujours inquiétant, où tout peut vaciller. Mettre au monde ne va jamais de soi, la naissance n'est jamais évidente. Les femmes le devinent, les hommes l'ignorent : ils n'en sont pas. Et ce n'est pas parce qu'on est femme, ou médecin auprès d'une femme qui accouche, que l'on en sait plus. La naissance est une course-poursuite dont les traces demeurent à jamais : donner le jour, c'est au jour le jour et pour toujours.

Depuis longtemps, j'emprunte le chemin des mères, je les aide à donner la vie à leur enfant. Cela reste pourtant un mystère. Même pour moi, qui manipule. Que s'est-il passé ? De quoi a-t-on été capable ? À partir d'un presque rien, d'une simple parole, d'un désir exprimé – « Tiens, j'ai envie d'un enfant »,

ou « Et si on faisait un bébé ? » – l'inimaginable
a eu lieu, le vœu a été exaucé, il est là,
il pèse trois kilos cinq. « Et cela s'est passé
dans mon corps », disent-elles, presque à leur insu.

Avec ou sans mes éprouvettes, je suis le témoin
d'un événement dont je ne reviens jamais. Et ne veux
revenir : une succession d'instants inévitables, une
somme de passages imperceptibles mais essentiels,
qui font que l'être vivant se crée, qu'à vingt-deux
semaines il pourra respirer ex-utero, qu'à quarante
et une semaines, il voudra venir au monde, et que
plus tard, bien plus tard, sa taille dépassera sans doute
celle de ses parents. Mystère traversé, fantasme devenu
réalité. C'est encore et toujours magique. Inoubliable,
mais incompréhensible. Un instant dont il restera le
souvenir d'une bulle légère, à laquelle un souffle suffit
pour voler encore et remonter à la surface.
Une bulle légère, se souviennent-elles, mais d'une
intensité dramatique.

Je ne connais pas d'acte plus violent que la naissance.
Juste avant, le temps d'un instant, fille, mère et amante
se sont rencontrées, embrassées. Puis corps, avenir et
statut se déchirent. La fille a dû laisser la place à son

enfant pour devenir mère. Mais aussitôt né,
l'enfant est séparé d'elle pour la première fois.
Né, abandon*né*. C'est cet abandon d'origine que
l'homme ne partage pas.

Mettre au monde, c'est faire l'expérience d'une
solitude fondamentale, intense, violente, dramatique.
Femmes et hommes, définitivement dissociables et
différents. L'un n'est pas l'autre, l'homme n'est pas
la femme. Nous aurons beau nous aimer, porter les
mêmes vêtements et les mêmes parfums, le tour de
passe-passe ne passe pas lorsqu'il s'agit d'enfanter :
les hommes ne portent pas la vie. Leurs rêves, leurs
angoisses, leurs corps parfois épousent la grossesse de
leurs femmes en s'alourdissant de kilos superflus, mais
ils ne sont pas elles. L'accouchement aura peut-être
lieu sans lui, sûrement pas sans elle. Je le sais depuis
longtemps, je le vis quotidiennement, être homme,
père ou médecin lors d'un accouchement, c'est être
intrinsèquement exclu.

« Avant nous ne faisions qu'un. Maintenant
c'est chacun dans son coin », regrettent-elles.
Lui dans celui des hommes, elle dans celui des
femmes. Et ce n'est pas drôle. Subterfuge, cette

présence des unes et des autres, des médecins,
des sages-femmes, des maris et des amis : elles sont
seules, toujours. Entourées, aimées, observées,
surveillées, mais seules. Seules à risquer leur vie et leur
corps, à dévoiler leurs sentiments, leur sexe,
à mettre à nu leur cœur, leurs entrailles. Leur solitude
est inévitable, la tension qui règne dans la salle
d'accouchement également, lorsque la tête du bébé est
visible, que la poussée arrive, telle une vague venant
de très loin, de très longtemps, et que, sur le visage
des filles devenant mères, une expression passe, à nulle
autre pareille. Rien de plus impudique que la mise au
monde : c'est dire au grand jour « oui, j'ai voulu un
enfant, oui, j'ai fait l'amour ». Rien de plus ambigu
aussi, « donner le jour, c'est aussi donner la mort »,
murmurent-elles. Donner à voir le jour, c'est donner
à voir la nuit.

Tous les accouchements ne se passent pas
de nuit, mais il y a toujours une première nuit
qui suit la naissance d'un enfant. Cette première
nuit, femmes et hommes s'en souviennent. Après la
violence, le calme et la sérénité. Le monde est au repos,
le bébé est emmailloté, la mère rêve, le père est présent
absent, la chambre est dans la pénombre et le long

du couloir de la maternité, les lumières sont tamisées, les paroles murmurées, les bruits atténués.

Je ne peux dire la naissance de mes enfants, mais j'ai vécu là, à l'instant, ce sentiment étrange et nouveau qui est sans retour, même si j'ignore encore ce que cela signifie véritablement. Ce sentiment, je l'ai eu lorsque je me suis retrouvé seul avec leur premier vrai faux regard et que je leur ai parlé. Il faisait sombre, il n'y avait personne autour de nous. Nous ne savions pas encore vers où nous allions, un mélange de douceur et de complexité.

« Envolez-vous, libellules », pressentent-elles, mères et romancières.

C'est de ces moments-là dont j'aime me souvenir, premiers chapitres de la vie où tout est possible. Ce sont ces moments-là, uniques, qui me font aimer ce métier depuis si longtemps. Je passe une dernière fois dans les couloirs de mon service, il est 21 heures, quelque chose a eu lieu. Une naissance. Des naissances.

Table

DES MÊMES AUTEURS

Geneviève Brisac

Les Filles
*Gallimard, 1987
et « Folio » n° 2978*

Madame Placard
Gallimard, 1989

Loin du paradis, Flannery O'Connor
Gallimard, 1991

Petite
*L'Olivier, 1994
et « Points » n° P187*

Week-end de chasse à la mère
*Prix Femina
L'Olivier, 1996
et « Points » n° P446*

Voir les jardins de Babylone
*L'Olivier, 1999
et « Points » n° P721*

Pour qui vous prenez-vous ?
*L'Olivier, 2001
et « Points » n° P993*

La Marche du cavalier
L'Olivier, 2002

Loin du paradis, Flannery O'Connor
« Petite Bilbiothèque de l'Olivier » n° 46, 2002

Les Sœurs Délicata
L'Olivier, 2004

V. W. le mélange des genres
(avec Agnès Desarthe)
L'Olivier, 2004

52 ou la seconde vie
L'Olivier, 2007

Livres pour la jeunesse

Olga
L'École des Loisirs, 1991

Olga n'aime pas l'école
L'École des Loisirs, 1992

Olga au ski
L'École des Loisirs, 1992

Les Amies d'Olga
L'École des Loisirs, 1993

Mouette et les baby-sitters
L'École des Loisirs, 1993

Les Champignons d'Olga
L'École des Loisirs, 1993

Le Noël d'Olga
L'École des Loisirs, 1994

Olga et les traîtres
L'École des Loisirs, 1996

Olga à la pêche
L'École des Loisirs, 1996

Olga s'inscrit au club
L'École des Loisirs, 1998

La Craie magique
L'École des Loisirs, 2000

Monelle et les footballeurs
L'École des Loisirs, 2000

Si l'ascenseur ne s'arrêtait pas…
L'École des Loisirs, 2000

Olga et le chewing-gum magique
L'École des Loisirs, 2001

Le Pique-nique des ours
L'École des Loisirs, 2001

Violette et les marionnettes
L'École des Loisirs, 2001

Olga fait une fête
L'École des Loisirs, 2002

Monelle et les autres
L'École des Loisirs, 2002

Violette et la mère noël
L'École des Loisirs, 2003

Violette et la boîte de sable
L'École des Loisirs, 2004

Violette et le secret des marionnettes
L'École des Loisirs, 2004

Olga et la décision maker
L'École des Loisirs, 2004

Petite
L'École des Loisirs, 2005

Angleterre
L'École des Loisirs, 2005

Catherine Cusset

La Blouse romaine
Gallimard, 1990

En toute innocence
Gallimard, 1995
et « Folio » n° 3502

À vous
Gallimard, 1996
et « Folio » n° 3900

Jouir
Gallimard, 1997
et « Folio » n° 3271

Les Romanciers du plaisir
essai
Honoré Champion, 1998

Le Problème avec Jane
Gallimard, 1999
et « Folio » n° 3501

La Haine de la famille
Gallimard, 2001
et « Folio » n° 3725

Confessions d'une radine
Gallimard, 2003
et « Folio » n° 4053

Amours transversales
Gallimard, 2004
et « Folio » n° 4261

Marie Darrieussecq

Truismes
P.O.L., 1996
et « Folio » n° 3065

Naissance des fantômes
P.O.L., 1998
et « Folio » n° 3272

Le Mal de mer
P.O.L., 1999
et « Folio » n° 3456

La Plage
(photographies de l'agence Roger-Viollet)
Plume, 2000

Bref séjour chez les vivants
P.O.L., 2001
et « Folio » n° 3799

Le Bébé
P.O.L., 2002, rééd. 2005

Illusion
(photographies de Dolorès Marat)
Filigranes, 2003

White
P.O.L., 2003
et « Folio » n° 4167

Claire dans la forêt
suivi de Penthésilée, premier combat
Des femmes/Antoinette Fouque, 2004

Le Pays
P.O.L., 2005

Zoo
P.O.L., 2006

Marie Darrieussecq parle des Éditions P.O.L.
Publidix, 2006

Agnès Desarthe

Quelques minutes de bonheur absolu
L'Olivier, 1993
et « Points » n° P189

Un secret sans importance
Prix du Livre Inter
L'Olivier, 1996
et « Points » n° P350

Cinq photos de ma femme
L'Olivier, 1998
et « Points » n° P704

Les Bonnes Intentions
L'Olivier, 2000
et « Points » n° P917

Le Principe de Frédelle
L'Olivier, 2003
et « Points » n° P1180

Tête, archéologie du présent
(photographies de Gladys)
Filigranes, 2004

V.W. : le mélange des genres
(avec Geneviève Brisac)
L'Olivier, 2004

Mangez-moi
L'Olivier, 2006

Livres pour la jeunesse

Abo, le minable homme des neiges
(illustrations de Claude Boujon)
L'École des Loisirs, 1992

Le Mariage de Simon
(illustrations de Louis Bachelot)
L'École des Loisirs, 1992

Le Roi Ferdinand
(illustrations de Marjolaine Caron)
L'École des Loisirs, 1992, 1993

Les Peurs de Conception
L'École des Loisirs, 1992, 1993

Je ne t'aime pas, Paulus
L'École des Loisirs, 1992

La Fête des pères
(illustrations de Benoît Jacques)
L'École des Loisirs, 1992, 1994

Dur de dur
L'École des Loisirs, 1993

Benjamin, héros solitaire
(illustrations de Véronique Deiss)
L'École des Loisirs, 1994

Tout ce qu'on ne dit pas
L'École des Loisirs, 1995

Poète maudit
L'École des Loisirs, 1995

La Femme du bouc-émissaire
(illustrations de Willi Glasauer)
L'École des Loisirs, 1995

L'Expédition
(illustrations de Willi Glasauer)
L'École des Loisirs, 1995

Les Pieds de Philomène
(illustrations d'Anaïs Vaugelade)
L'École des Loisirs, 1997

Je manque d'assurance
L'École des Loisirs, 1997

Les Grandes Questions
(illustrations de Véronique Deiss)
L'École des Loisirs, 1999

Les Trois Vœux de l'archiduchesse Van der Socissèche
L'École des Loisirs, 2000

Petit prince Pouf
(illustrations de Claude Ponti)
L'École des Loisirs, 2002

Le Monde d'à côté
(illustrations d'Anaïs Vaugelade)
L'École des Loisirs, 2002

Comment j'ai changé ma vie
L'École des Loisirs, 2004

Igor le labrador
et autres histoires de chiens
L'École des Loisirs, 2004

À deux c'est mieux
(illustrations de Catharina Valckx)
L'École des Loisirs, 2004

C'est qui le plus beau ?
L'École des Loisirs, 2005

Les Frères chats
(illustrations d'Anaïs Vaugelade)
L'École des Loisirs, 2005

Je ne t'aime toujours pas, Paulus
L'École des Loisirs, 2005

Je veux être un cheval
(illustrations d'Anaïs Vaugelade)
L'École des Loisirs, 2006

Marie Desplechin

Trop sensibles
nouvelles
L'Olivier, 1995
et « Points » n° P408

Sans moi

roman
L'Olivier, 1998
et « Points » n° P681

Les vacances on y a droit !

(en collaboration avec Éric Holder,
photographies de Jean-Luc Cormier, André Lejarre,
Olivier Pasquiers et al.)
Le Cercle d'art, 2001

Traversée du Nord

essai
National Geographic, 2002

Dragons

roman
L'Olivier, 2003
et « Points » n° P1147

Nord-pas-de-Calais Picardie

(photographies de Harry Gruyaert)
National Geographic, 2004

Le Sac à main

roman
(illustrations de Éric Lambé)
Estuaire, 2004
et « Points » n° P1580

La Vie sauve

(avec Lydie Violet)
Seuil, 2005
et « Points » n° P1470

Un pas de plus

nouvelles
Page à page, 2005
et « Points » n° P1488

La Photo
roman
(illustrations de Éric Lambé)
Estuaire, 2005

Desplechin-Monory :
parfois je meurs mais jamais très longtemps
Musée d'art contemporain du Val-de-Marne, 2005

L'Album bert
N. Chaudun, 2006
Bobigny centre-ville
(avec Denis Darzacq)
Actes Sud, 2006

Ouvrages pour la jeunesse

Le Sac à dos d'Alphonse
(illustrations de Pic)
L'École des Loisirs, 1993, rééd. 1997

Et Dieu, dans tout ça ?
L'École des Loisirs, 1994

Rude samedi pour Angèle
L'École des Loisirs, 1994

Une vague d'amour sur un lac d'amitié
L'École des Loisirs, 1995

Tu seras un homme, mon neveu
L'École des Loisir, 1995

Verte
L'École des Loisirs, 1996

J'envie ceux qui sont dans ton cœur
L'École des Loisirs, 1997

La Prédiction de Nadia
L'École des Loisirs, 1997

Comment j'ai marié mon frère
(illustrations de Manet)
Calmann-Lévy / Réunion des musées nationaux, 1998

Dis-moi tout!
Bayard Jeunesse, 1998
et « Bayard Poche » n° 150

Compartiment rêveur
Bayard Jeunesse, 1999

Le Coup du kiwi
(illustrations de Catharina Valckx)
L'École des Loisirs, 2000

Le Monde de Joseph
L'École des Loisirs, 2000

Copie double
Bayard Jeunesse, 2000
et « Bayard Poche » n° 101

Les Confidences d'Ottilia
Bayard Jeunesse, 2001

Ma collection d'amours
(illustrations de Catharina Valckx)
L'École des Loisirs, 2002

Ma vie d'artiste
Bayard Jeunesse, 2003

Satin grenadine
L'École des loisirs, 2004

Élie et Sam
(illustrations de Philippe Dumas)
L'École des Loisirs, 2004

Entre l'elfe et la fée
(illustrations de Philippe Dumas)
L'École des Loisirs, 2004

La Vraie Fille du volcan
théâtre
L'École des Loisirs, 2004

Séraphine
L'École des Loisirs, 2005

Petit boulot d'été
« Bayard Poche » n° 171

Jamais contente : le journal d'Aurore
L'École des Loisirs, 2006

Michèle Fitoussi

Comme au cinéma
Mercure de France, 1985

Le Ras-le-bol des superwomen
Hachette Littérature, 1989
Calmann-Lévy, 1997
et « Le Livre de poche » n° 6493

Lettre à mon fils
et à tous les petits garçons qui un jour
deviendront des hommes
Calmann-Lévy, 1991
et « Le Livre de poche » n° 9593

Cinquante centimètres de tissu propre et sec
Grasset, 1993
et « Le Livre de poche » n° 13668

Un bonheur effroyable
Grasset, 1995
et « Le Livre de poche » n° 14126

Des gens qui s'aiment
Grasset, 1997
et « Le Livre de poche » n° 14693

La Prisonnière
(avec Malika Oufkir)
Grasset, 1999
et « Le Livre de poche » n° 14884

Le dernier qui part ferme la maison
Grasset, 2004
et « Le Livre de poche » n° 30478

Elle, 1945-2005 : une histoire des femmes
(avec Marie-Françoise Colombani)
Filipacchi, 2005

Camille Laurens

Index
P.O.L., 1991
et « Folio » n° 3741

Romance
P.O.L., 1992
et « Folio » n° 3537

Les Travaux d'Hercule
P.O.L., 1994
et « Folio » n° 3390

Philippe
P.O.L., 1995

L'Avenir
P.O.L., 1998
et « Folio » n° 3445

Quelques-uns
recueil
P.O.L., 1999

Dans ces bras-là
P.O.L., 2000
et « Folio » n° 3740

L'Amour, roman
P.O.L., 2003
et « Folio » n° 4075

Le Grain des mots
(figures de Rémi Vinet)
P.O.L., 2003
et « Folio » n° 4376

Cet absent-là
L. Scheer, 2004

Ni toi ni moi
P.O.L., 2006

Hélèna Villovitch

Je pense à toi tous les jours
L'Olivier, 1998
et « Petite bibliothèque de l'Olivier » n° 50

Pat, Dave & moi
L'Olivier, 2000

Petites soupes froides
L'Olivier, 2003

Dans la vraie vie
L'Olivier, 2005

Le Bonheur par le shopping
M. Sell éditeurs, 2005

La Maison rectangulaire
(dessins de Hendrik Hegray)
Estuaire, 2006

COMPOSITION : PAO EDITIONS DU SEUIL

GROUPE CPI

Achevé d'imprimer en mars 2007
par **BUSSIÈRE**
à Saint-Amand-Montrond (Cher)
N° d'édition : 87452. - N° d'impression : 70362.
Dépôt légal : avril 2007.
Imprimé en France

Collection Points